救命センター　カンファレンス・ノート

浜辺祐一

集英社文庫

救命センター　カンファレンス・ノート　目次

救命センター　カンファレンス・ノート

第一話　それは死体!?

「それでは、次の患者さんです」

その日シフトに入る救命救急センターのスタッフが、モーニング・カンファレンスに顔を揃《そろ》えている。

勤務明けとなる当直医が、前日収容された患者のプレゼンテーションを続けるべく、目前に備え付けられている電子カルテの画面をスクロールした。

「これが少しばかり大変だったんですが、えーと、症例は、二十六歳、女性、多発外傷です」

「若い女性の多発外傷？　そりゃどうせ、高所からの飛び降りか、電車に飛び込みってとこだろ」

カンファレンス・ルームの最前列に陣取る部長が、少しばかり投げやりな調子で口を挟んできた。

「先生、よくおわかりになりましたね、マンション十二階の窓からの、飛び降りによる多発外傷なんですよ」

「だろ、こんな仕事を長くやってりゃ、木の芽時《こめどき》に担ぎ込まれてくるそんな症例なんざ、大方、自損によるものだってことぐらい、直《す》ぐに見当がつくさ」

「流石《さすが》ですね、部長」

うるせえ、おまえさんたちにそんなことで持ち上げられたって、嬉《うれ》しくとも何ともねえや……部長が、自嘲気味に独りごちた。

「えーと、覚知《かくち》は昨夜の十九時三十二分、当院着は二十時三十五分、救急隊が現場に到着した時、傷病者は、駐輪場の樹脂製の屋根を突き破ったような格好で、その下に並べてあった自転車の上に腹臥位《ふくがい》で倒れていた、とのことでした」

「十二階から飛び降りちゃった、っていうのは、間違いないのかい」

怪訝《けげん》な顔つきで、部長が尋ねた。

「はあ、後で所轄の警察から聞いたところでは、自宅で母親と娘が口論をしていたらしいんですが、母親が一瞬目を離した隙に、部屋の窓から飛び降りてしまったとのことでした、で、その時母親が、窓の外に今まさに飛び出さんとしていた娘の手首を、手を伸ばして咄嗟《とっさ》に掴《つか》もうとしたらしいんですが、捕まえ損ねてしまった、というか、娘がその手を払いのけるようにして、飛び出していったようなんです」

ちなみに、母娘《おやこ》の自宅がそのマンションの十二階にあって、傷病者が倒れていた駐輪場が、その窓の真下の中庭にあったそうです、と当直医が付け加えた。

「へえ、じゃあ何か、母親の見ている目の前で、実の娘が落ちていっちゃったっていうのかよ、うわあ、そりゃあ堪《たま》らんよなあ、その母親にしてみれば……」

部長は、腕を組みながら、眉根を寄せた。

「ええ、当の母親はパニクってしまったようで、所轄の捜査員が、その後、どんな行動を取ったかを聞き出そうとしても、まったくもって要領を得なかった、ということでした」

「無理もねえよなあ、で、ともかく誰によってかはわからないけど、その後、救急車が要請されたって、ことだな」

「ええ、救急隊の話だと、通報者は混乱しまくっていたようで、一一九番を担当する指令官が、発生場所の住所を聞き出すのに、ずいぶんと手こずっていたようだとか……」

「きっと母親だな、その通報者は……で、娘の状態はどうだったの」

部長に促されて、当直医が話を続けた。

「はい、救急隊から聴取したところでは、現着時、傷病者はCPAの状態で、体表所見としては、前額部《ぜんがくぶ》が広範囲に陥没し、そこから、一部脳実質のような灰白色《かいはくしょく》の組織が飛び出ており、顔面も大きく変形、さらに、胸郭《きょうかく》、骨盤の動揺性を認め、それに加えて、右の上肢と左の下肢が変形して、あらぬ方向を向いていたと……」

それと、自転車のハンドルだか何だかの突起物が、下腹部に深く食い込んだような跡があったとの報告がありました、と当直医は付け加えた。

当直医のプレゼンテーションに耳を傾けながら、部長は、目前にある電子カルテのレントゲン写真に目を凝らした。

「どれどれ、頭蓋骨《とうがいこつ》の陥没に、顔面骨も粉砕か……それと、左右の鎖骨も折れて、両側多発肋骨《ろっこつ》骨折、血気胸《けっききょう》と……ありゃあ、骨盤もバラバラかよ、それに胸椎《きょうつい》もずれてるように見えるなあ」

小声で呟《つぶや》きながら、何度か画面をスクロールさせていた部長が、急に声を荒らげた。

「……っていうか、よくもまあ、こんなCPA患者を、救命《うち》に連れてきてくれたもんだよな、ええ？　いったい、どこの救急隊だよ」

だって、こんなんじゃあ、そもそもがCPRなんぞになっていないだろうに、まったくっ、と部長は当直医に詰め寄った。

CPAとは、Cardiopulmonary Arrest の略で、通常、心肺停止もしくは心肺停止状態と訳されている。

端的に言えば、心臓の規則的な拍動が停止してしまって脈が触れず、呼吸もなく、もちろん意識もないという、まさしく危機的な瀕死《ひんし》状態を指す用語である。

こうしたCPAの病態は、疾病や外傷を含めた様々な原因によって引き起こされるが、そのような状態にある傷病者に対して、まず最初に行うべき一連の応急処置のことをCPR(Cardiopulmonary Resuscitation)すなわち心肺蘇生術《そせいじゅつ》と呼ぶ。

つまりCPRとは、止まってしまった呼吸と循環の、救助者による人為的代替である気道確保、人工呼吸そして循環維持を行うテクニックである。

まず、気道確保の気道とは、口・鼻から始まり、咽頭《いんとう》(喉の奥)、喉頭《こうとう》(声帯)、気管・気管支を経て肺に至るまでの空気の通り道のことである。

一般に、CPA状態に陥ると、喉の奥にある舌根《ぜっこん》(舌の付け根の部分)が弛緩《しかん》してしまい、傷病者が仰向《あおむ》けに寝かされた状態では、その緩んでいる舌根が、重力によって喉の奥の咽頭後壁に向かって落ち込んでしまう。

舌根沈下と呼ばれるこの状況になると、気道が狭窄《きょうさく》もしくは閉塞することになるのだが、こうした状態を解消させることを、気道確保と言うのである。

実際の救急の現場などにおいて、救急隊員の手によって行われるCPRの場合、頭部後屈顎先挙上法《こうくつあごさききょじょう》・下顎《かがく》挙上法などの用手的方法や、経鼻・経口エアウェイやラリンゲルマスクといった声門上デバイスの挿入、あるいは気管挿管など、気道確保の方法としては幾つもの選択肢がある。

次に、人工呼吸とは、傷病者の肺に対して、何らかの方法で空気(酸素)を出し入れすることを言うが、通常は、確保されている気道内に陽圧、つまり大気圧よりも高い圧力をかけることにより、空気または酸素を送気する。一般的に、この送気を中断すれば、肺内からは自然に排気され、その後、再び陽圧をかけて送気することとなる。この繰り返しが、すなわち人工呼吸ということである。

救急隊が実際に使用している陽圧源としては、酸素ボンベや、自動膨張機能と一方弁機能とを併せ持った人工呼吸用の加圧バッグなどがある。

最後に循環維持であるが、これは、心臓の拍動（心拍）が停止したために滞ってしまった血液循環、すなわち血管内の血の巡りを人為的に再開させ維持することを言う。

ＡＥＤという電子機器を用いて、心拍の再開を目論《もくろ》むような特殊なケースは別として、通常それは、胸骨圧迫によって試みられる。

ただし、胸骨圧迫と言っても、前胸部の中央部分、左右の乳首の間に縦方向に位置する胸骨に対して、持続的に力を加えて押し続けるのではなく、圧迫とその解除を一分間に一〇〇回程度の一定のリズムで繰り返し行うことを指しており、そのために、かつては胸骨圧迫のことを心臓マッサージと称していた。

ついでに申し上げると、胸骨に加える圧迫の強度は、その圧迫を施した際に、前胸壁が少なくとも五センチメートルぐらいは沈み込むほどのもの、とされている。

それでは、こうした胸骨に対する圧迫とその解除を繰り返すことによって、何故《なぜ》、血液循環を維持することができるのだろうか。

科学的に正しいと衆目の一致するメカニズムは、実際のところ、解明されていない。しかし、胸骨圧迫を行うことで、胸郭すなわちその中に心臓や肺などが入っているケージ（籠）の体積が変化することとなり、その結果生じる胸郭外との圧較差《あつかくさ》あるいは圧勾配《あつこうばい》によって、血液の流れが引き起こされているのではないか、という説が有力とされている。

ちなみに、上半身の前後にある胸骨と胸椎（背骨）、そしてその間に弧を描くように配されている左右十二対の肋骨が、ケージの骨組みを形成している。この肋骨自体が本来持っているバネのような弾力性により、押し下げられた胸骨は、圧迫が解除されれば自然と元の位置に復帰し、同時に、胸骨圧迫による肋骨の骨折も避けられるのである。

このような胸骨圧迫は、一般的には、救助者の両手・両腕を使って行われる。しかし、医療機関や救急隊によっては、まるでB級ホラー映画の一場面のようではあるが、建設現場などでよく目にする杭《くい》打ち機と同様の構造をした、自動心臓マッサージ器なるものを用いて行うことがある。いずれにしても、胸郭の体積を周期的に変化させるということが、胸骨圧迫のポイントである。

このような方法論を踏まえた上で、有効なＣＰＲというものが、どういうものであるのか考えてみよう。

そもそもＣＰＲの目的とは、たとえ傷病者がＣＰＡの状態にあっても、つまり傷病者本人の呼吸と脈が停止し、血液循環が滞ってしまっているとしても、生命を保持するのに必要な量の酸素を、全身の主要臓器、特に脳の大脳皮質と呼ばれる場所に送り届ける、ということであり、今述べてきたようなことが、その方法ということになる。

そう考えると、例えば、餅を食している時にCPAになってしまったような場合、その原因が、餅を誤嚥《ごえん》し、その餅が気道の最終部分である気管内にべったりと張り付き、気道が塞がれてしまったことにあるとすれば、たとえ、手練《てだ》れの救急隊員が完璧なCPRを施したとしても、その気管内の餅を取り除かない限り、脳に必要な酸素を供給することはできない。

残念ながら、通常の救急隊は、そうした餅を取り除く確かなテクニックを持ち合わせてはいない。

また、運良く、気道を閉塞してしまっている餅が喉の奥に見え、救急隊がそれを取り出すことに成功したとしても、その傷病者が、例えば、齢《よわい》九十を超えている高齢者であって、すでに肋骨や肋軟骨の弾力性が失われてしまっているような場合には、前胸壁を五センチメートルは押し込まなければならないとされる胸骨圧迫を行うことは至難の業《わざ》である。

あるいは、敢《あ》えてそれをやろうとすれば、胸骨骨折や肋骨骨折という何とも悲惨な事態を引き起こしてしまう可能性があるのだ。

このように見てくると、倒れている傷病者にとって、真にCPRが有効なものとなるためには、CPRを施す救助者の側のテクニックだけではなく、CPRを施される傷病者の側にも、それなりの条件が存在するということになる。

「いやあ、先生、まったくおっしゃる通りなんですよ」

当直医は、実は、その多発外傷の傷病者を搬送してきた救急隊と一悶着《ひともんちゃく》あったんだと告げた。

「救急指令センターからの速報段階では、若年者の、目撃ありの墜落外傷、ということだったので、それなりに入れ込んで待っていたんですが……」

全国各地に設置されている救命救急センターは、一般の救急医療機関とは異なり、老若男女を問わないことはもちろん、外因・内因の別なく、突発・不測に重症・重篤な状態に陥ってしまった救急患者を収容、その救命と社会復帰を第一のミッションとしている。救命救急センターは社会の縮図だとも言われ、その時々の世相を色濃く反映した事件や事故にまつわる様々な傷病者が、数多く担ぎ込まれてくるのだ。

東京の下町は墨田区《すみだ》の錦糸町《きんしちょう》で、昭和の時代がそろそろ終わらんとする時に開設され、やがて三十五年が経《た》とうかという我が救命センターにおいても然《しか》りである。

一方で、病を得て救急車で搬送されてくる患者の疾病構造が、時代の流れの中で、大きく変化してきているということも、間違いのない事実である。

かつてバブル全盛期の頃は、交通事故や労災などによる外傷患者に加えて、心筋梗塞や脳卒中など、いわゆる成人病と呼ばれた救急患者が多数を占め、その平均年齢も働き盛りの四、五十代であったものが、時代が下って、少子高齢化の進展とともに、生活習慣病と呼ばれるような慢性疾患の急変や急性増悪《ぞうあく》をきたした患者が増え、直近では収容患者の平均年齢が七十代半ばとなり、救命センターの集中治療室は、さながら老人病棟のような観を呈している。

さて、そんな高齢の疾病患者に対して、いったいどこまで濃厚な救命治療を施すべきなのか、日頃、救命センターの心優しきスタッフたちは、頭を悩ませ心を砕き、そして腰が引けてしまっているのだが、その一方で、労災や交通事故の被害者、あるいは虐待が疑われる幼い外傷患者が搬送されてくるとの一報でも入ろうものなら、それがたとえ眠気の極みにある明け方のことであっても、一気に戦闘モードに入っていく。

「こっちだ、移すぞ!」

救命センターの初療室に、救急隊のストレッチャーが飛び込んできた。

ストレッチャーには、その背中をバックボードで固定された患者が、救急隊員たちの手による蘇生術を受けながら、横たわっている。

バックボードとは、ABS樹脂やポリエチレンなどの硬質プラスチックでできている長さ二メートル弱、幅五十センチ弱、厚さが数センチほどの板で、一見すると、サーフボードのようにも見えるが、その部分が持ち手になったりするような幾つもの穴が外縁に開けられている、いわゆる担架の一種である。

一般に、病人やけが人を運ぶための担架というと、二本の棒の間に厚手のテント生地などが張られたものを思い浮かべるかも知れない。町内会の避難訓練などの際に、防災倉庫から引っ張り出されてくる類である。

バックボードの場合は、そんな布製の担架というよりも、むしろ戸板といったイメージである。その昔、病人やけが人を、住民たちが自分たちの手で近くの医療施設に連れて行くような時、よく「戸板にのせて担ぎ込む」などと言ったものだが、この戸板すなわち雨戸に相当する現代の医療資器材だと思っていただければよい。

このバックボードは、交通事故や高所からの墜落・転落事故などで負傷した傷病者を、事故現場から運び出す場合に多用されているが、その際に布製の担架などではなく、この戸板のごときバックボードを使用する一番の理由は、傷病者に対して全脊柱《ぜんせきちゅう》固定を施すためである。

脊柱（背骨）すなわち脊椎《せきつい》は、頭蓋骨の下から臀部《でんぶ》まで、椎骨《ついこつ》と呼ばれる骨が、ちょうど連珮《れんだこ》のように連なって形作られている。頭蓋骨側から、頸椎《けいつい》、胸椎、腰椎《ようつい》、仙椎《せんつい》と名付けられ、通常、頸椎は七個、胸椎は十二個、腰椎は五個の椎骨からなっている。また、それぞれの椎骨は、その背中側に椎弓《ついきゅう》と呼ばれる骨性のアーチ状の構造を持っている。上下の椎弓の間には強固な靭帯《じんたい》が張り巡らされており、それが頸椎から腰椎まで連続し、一本のトンネルのような空間（脊柱管と呼ばれる）を作り出している。

その脊柱管の中を、脳から全身に延びている神経の束すなわち脊髄《せきずい》が走っている。豆腐のように柔らかい脊髄が、骨でできた硬い脊柱管に守られているような格好だ。

また、幾つもの椎骨が上下に長く連なっていることで、背骨を前後左右に曲げたりひねったりすることができるのであるが、そんな動きをしても、強固な靭帯があることで椎骨が前後左右にずれることはなく、常に脊柱管の空間は確保されており、その中を走っている脊髄が傷つくことはない。

ところが、墜落や転落などで、背部を強打したり、首や腰が激しく曲げられたり伸ばされたり捻《ねじ》られたりするような外力が加わった場合、椎骨や椎弓が折れたり靭帯が断裂してしまって、こうした脊柱の安定性が損なわれてしまう。

一方で、事故そのものによる当初の外力で、椎骨や椎弓あるいはその周囲の靭帯が損傷を受けても、幸いにして、脊柱管の中を走る脊髄は無傷だということもよくあるのだが、そうした時に、万一、脊柱の損傷への配慮を欠いたまま救助活動を行ってしまうと、そのことによって脊髄の損傷が引き起こされる場合がある。

例えば、俯《うつぶ》せで倒れている傷病者がいたとして、実際には頸椎の損傷があるのだが、そうとは気づかずに、「大丈夫ですかあ」などと声をかけながら、つい肩だけを持って引き起こしたりすると、その瞬間、傷病者の頭部がガクッと落ちて、かろうじて保たれていた頸部の脊柱管が大きく変形し、せっかく無傷だった脊髄（頸髄）に大きなダメージが与えられ、最悪生命に係わるような呼吸障害が引き起こされたり、四肢麻痺《ししまひ》というような重大な後遺症がもたらされたりすることがある。

そうした不幸な事態を確実に防ぐために、高所からの墜落や転落事故による傷病者などに対しては、脊椎損傷を負っているという前提で救助活動が行われており、具体的には、傷病者を移動させる際に、その脊柱に致命的なずれが生じないような処置を行う。それが全脊柱固定と呼ばれるものである。

これは、ちょうど腕や脚の骨が折れた時、応急処置として、折れた部分に副木《ふくぼく》（添え木）を当てて包帯を巻き、その部分を動かなくするのと同様に、いわば背骨に副木を当てるという処置になるのだが、その副木に相当するものが、バックボードというわけだ。

実際には、傷病者はバックボードの上に寝かされ、その状態で、横にしようが縦にしようが、体が少しもずれないように、何本ものベルトを用いて、バックボードに強固に固定されるのである。ここが単なる戸板とは、決定的に違うところである。

ちなみに、現場活動を行う救急隊や救助隊は、この全脊柱固定の重要性をたたき込まれており、たとえ、どんなに慌ただしく、またそうすることが困難な現場であっても、慎重に、そして時間と手間をかけて、傷病者をバックボードに固定してくるのだ。

当直医の合図で、救急隊のストレッチャーに横たわっていた患者が、背中を固定しているバックボードごと、処置台の上に移された。

戦闘モード全開である。

その直後、バックボードの固定ベルトを外された患者は、スタッフたちの手で、瞬く間にその衣服を切り裂かれて、体表面が露出されていく。

「……ちょ、ちょっと待って」

処置台の傍らに立ち、初療を仕切っていた当直医が、思わず声を張り上げ、救急隊に代わって人工呼吸と胸骨圧迫を続けていた若い研修医たちを制した。

「胸骨圧迫をやめて、バッグだけ押してみて」

人工呼吸だけを続けろ、という当直医の指示で、研修医が人工呼吸用の加圧バッグを、再び何度か揉《も》んでみせた。

初療室の中の視線が、前をはだけられた患者の上半身に集中する。

本当なら、加圧によって肺の中に酸素が送り込まれ、胸板が上下しなければならないところであるが、目の前にいる患者の胸郭は、全くと言っていいほどに動かない。それどころか、研修医が加圧バッグを揉みしだく度に、額の傷と、両方の耳孔から、血液混じりのしぶきが激しく飛び散っている。

患者の気道が閉塞し、そのために加圧された酸素が肺に向かわず、あらぬ所から抜け出てしまっているのだ。

気道確保と人工呼吸が、有効なものになっていないことは誰の目にも明らかである。それに加えて、このあらぬ所から送気が漏れ出るというのは、頭蓋骨、特に頭蓋底と呼ばれる頭部の最も深い部分が、激しく損傷してしまっているであろうことを強く疑わせる所見でもある。相当な衝撃が顔面や頭部に加わったことは間違いない。

「じゃ、今度は、胸骨圧迫だ」

別の研修医が、当直医の指示に従って、二度三度、胸骨圧迫をしてみせた。

研修医の腕の動きに応じて、処置台がわずかながら軋《きし》んでいるようには見える。本来ならリズミカルに上下しなければならないはずの患者の胸壁に、しかし、動きはない。というよりは、胸郭そのものが大きくひしゃげてしまっており、とてもその内部に心臓や肺の納まる空間があるとは思えないほどである。

高所墜落という最初の甚大な外力を受けても、かろうじて残存していたかも知れないであろう胸郭の構造が、心肺停止状態を確認された後に行われた救急隊による最初の胸骨圧迫で、おそらくは破壊されてしまったものと思われる。

それを見届けた当直医は、研修医を手で制しながら、「わかった、もういい」と声をかけた。

当直医のこのひと言で、初療室の動きが止まった。

部屋の中には、患者の心電図がフラットであることを警告するアラーム音だけが、けたたましく響き渡っている。

その瞬間、スタッフたちの戦闘モードは解除された。

当直医は、傍らで額からの汗を拭い、肩で息をしていた救急隊長に顔を向けた。

「救急指令センターからの第二報で、ＣＰＡだとは聞いていたんだけどさあ……隊長さん、一生懸命ＣＰＲをやりながら搬送してきてくれて、こんな言い方するのは、ほんと申し訳ないと思うんだけどね、いいかい、こりゃあ、間違いなく死体、死体だぜ！」

「その後は、どうしたの」

「ええ、その時点を、死亡確認時刻としました」

全身のレントゲン写真だけは、一応、撮っておいたとの当直医の報告に、さっきの写真だな、と部長が頷《うなず》いた。

「で、救急隊は、なんて言ってたよ」

ま、まさか、こんな状態でも、救命センターに連れてくりゃ何とかなる、なあんて本気で考えてたんじゃ、ねえよな、と部長は、半ば独りごちるようにして額に手を当てた。

「そう思って、私も彼らに聞いてみたんですよ、そしたら……ですね」

――隊長さん、さっきも言った通り、こりゃ死体だぜ、墜落による即死体、だから治療の対象なんかにはならないよ

――すみません、先生、我々には、特別の場合を除いて、傷病者が死亡していると言うことは許されていないんです

――っていうなら、今回、まさしく特別なんじゃないの？　だってさ、自転車置き場の屋根を突き破るほど、高い所から墜落して、心肺停止状態で倒れてたっていうんだから

――はあ、しかし、傷病者は脳脱状態でもありませんし、体幹部も離断されておりませんでしたから、誰が見ても死体だと言える社会死状態とは、残念ながら判断できませんでしたので……

――だったら、尋ねるけど、こんな状態で救命センターに搬送してくることに、いったい、何の意味があるっていうの？

――それは……

――今、やってみせたじゃない、あなたたちのやってきてくれたＣＰＲが、全然有効なものではないんだってことを

――は、はあ……

――まさか、自分たちのやっている蘇生行為の評価が、正しくできないってこと？

――いえ、そんなことは……

――じゃあ、どういうことなの？

――は、はあ……そのお、現場にいた母親が、ですね、娘を助けてくれ、何とかしろ、早く病院に連れて行け、と、もうほとんど半狂乱の状態でして……

「優しいんだよ、救急隊は」

その半狂乱の母親に気を遣って、というか、とにかく、みんなが娘を助けようと努力しているっていうことを、アピールしたかったんだろうな、きっと、と当直医をなだめるような口調で部長が言った。

「そんなこと、あり得ないですよ、先生、だって、救急車には、母親はもちろん、誰も

同乗してきてないんですよ、それじゃあ、見せようがないじゃないですか、自分たちや救命センターがやってることを」

母親は、その後、パトカーで来院したんだが、実際に母親が娘と再び対面したのは、救命センターの地下にある霊安室の中でであり、そのまま、娘の遺体と一緒に所轄の警察に向かったようだ、と当直医は付け加えた。

「なんだ、母親とは、会ってないのか」

次の患者さんが、すでに来てましたから、それに、こっちの方こそ、本当に瀕死の重症患者で、とても、手が離せるような状況ではなかったので、と当直医は答えた。

「だけど先生、その母親に会えていたとして、いったい、どんな優しさを見せてやることができますか、我々に」

グロテスクなレントゲン写真を見せて、損傷の状況を話したところで、泣き叫んでいたっていう母親が、冷静に聞いてくれると思いますか、先生、あるいは、救命センターに運んでいろいろやったんだけど、残念ながらダメでしたなんて言ったところで、そんなことが、目の前で実の娘に飛び降りられてしまった母親の慰めになりますか、そんなの、ただの嘘《うそ》っぱちの自己満足の偽善じゃあないですかあ、と当直医は部長に食ってかかった。

「まあまあ、落ち着きなよ」

「だって、今回のようなこと、一度や二度じゃあないんですよ、先生！」

わかってるわかってる、そのことは俺から救急隊の方にきちんと申し入れをしておくから、ね、と部長は当直医を押しとどめた。

それは、実は一《いち》救急隊の問題ではなく、逼迫《ひっぱく》している現在の救急医療事情に直結していることなんだから……と、部長は独りごちた。

「それじゃ、次のその瀕死の患者のプレゼンテーションに、移ってもらおうか」

＊

現在の救急医療体制の問題点や、救急隊や部長の立場を知ってか知らずか、それでも、救命センターのモーニング・カンファレンスは続いていきます。

第二話　それは病死!?

「えーと、次の症例は、三十八歳の女性、意識障害の患者さんです」

前日の収容患者の申し送りを目的とした救命救急センターの毎朝のモーニング・カンファレンスが、いつものように進められていく。

テレビのニュースなどで、時折耳にする言葉ではあるのだが、実は、この意識障害というものを正しく説明することは、それほど容易なことではない。

そもそも、「意識とはなんぞや」という根源的な問いに的確に答えることは、古《いにしえ》より至難の業とされているが、医学の教科書では、便宜的に、意識の状態を評価する要素を示すことで、意識の定義に代えている。

例えば、日本神経科学学会編集の脳科学辞典によれば、その要素とは、覚醒（度）、運動反応（度）、意識内容の三つであり、日本救急医学会の医学用語解説集に従えば、認知機能と表出機能ということになる。

詳しく説明をすることは控えるが、意識障害とは、つまり、こうした要素、機能が十全ではない状態ということである。

実は、そうした障害の程度を表現するための共通のものさしというものが、臨床的には幾つか存在する。

その中で、我が国の救急医療の現場において、特に急性期の意識障害の程度を表すものとして、グラスゴー・コーマ・スケール（ＧＣＳ：Glasgow Coma Scale）や、ジャパン・コーマ・スケール（ＪＣＳ：Japan Coma Scale）と呼ばれる尺度が、広く用いられている。

例えばＧＣＳの場合、意識の評価をするにあたって、Ｅ、Ｖ、Ｍというアルファベットで表される三つの項目を用いる。

Ｅとは、開眼（Eye opening）、Ｖとは、言語音声による反応（Verbal response）、Ｍとは、運動による最良の応答（best Motor response）を、それぞれ意味している。

これらの項目はさらに細かく分かれ、Ｅが四段階（Ｅ１〜Ｅ４）、Ｖが五段階（Ｖ１〜Ｖ５）、Ｍが六段階（Ｍ１〜Ｍ６）に分類される。

それぞれの項目の中では、数字（点数）が大きくなるほど意識のレベルが良いということになり、例えば、Ｅ１が、「刺激を与えても開眼しない」であり、Ｅ４は、「自発的に開眼する」となる。Ｖ１が「発声がみられない」であるのに対して、Ｖ４は、「混乱している会話」という具合になる。さらに、Ｍ１が、「全く四肢を動かさない」で、Ｍ

4は、「痛みに手足を引っ込める」であり、M6が「指示に従って四肢を動かせる」となる。

通常、GCSを用いて、傷病者の意識レベルを示す場合、E3V4M3の計10点などと表現され、傷病者の意識に問題がなく清明であれば、E4V5M6の計15点（満点）ということになる。

一方、現場の救急隊がよく用いるとされるJCSの場合、意識障害のレベルは、0《ゼロ》から始まり、順に、1、2、3、10、20、30、100、200、300と十段階に分類される。

1、2、3はまとめてⅠ桁《ひとけた》と呼ばれ、「刺激をしないでも覚醒している状態」を示し、10、20、30はⅡ桁《ふたけた》で、「刺激をすると覚醒する状態（刺激をやめると眠り込む）」を、そして、Ⅲ桁《みけた》の100、200、300は、「刺激をしても覚醒しない状態」を意味する。

JCSの場合、数字が大きくなるに従って、意識状態のレベルは悪くなっていく。

例えば、Ⅰ—1が、「だいたい清明だが、今ひとつはっきりしない」という印象であり、Ⅰ—3が、「自分の名前、生年月日が言えない」という状態を指す。Ⅱ—10が、「普通の呼びかけで容易に開眼する」であり、Ⅱ—30が、「痛み刺激を加えつつ呼びかけを繰り返すとかろうじて開眼する」となる。さらに、Ⅲ—100が、「痛み刺激に対して、払いのけるような動作をする」レベルであり、Ⅲ－２００が、「痛み刺激で少し手足を動かしたり、顔をしかめる」状態、そして、最悪のⅢ－３００となると、「痛み刺激に全く反応しない」という按配《あんばい》である。

ちなみに、０は、「全く曇りのない清明な意識状態」ということである。

いずれにしても、意識障害の状態にある傷病者の場合、客観的に本人の訴えを正確に把握するのは容易なことではなく、また、そうした意識障害の状態に陥る原因は、決して特定の疾患に限定されるわけでもなく、それこそ種々様々なものがその鑑別に上がるため、現場で傷病者がＪＣＳでいうところのⅢ桁の意識障害を呈してでもいようものならば、その収容先医療機関として、内因（疾病）・外因（外傷・中毒など）を問わずに重症患者に対応できる救命救急センターのようなところが、真っ先に選定されることとなる。

「……一一九番の覚知が、昨日の十八時四十五分、現着が十九時三十八分、現発《げんぱつ》十九時五十九分、そして病着が二十時十二分です、救急隊接触時の傷病者の状態ですが……」

「ちょ、ちょっと、待ってくれよ、覚知から現着までが、五十三分って、レスポンス・タイムが日本で一番長くて悪名高い東京だといったってさあ、そりゃあ、いくらなんでも、べらぼうなんじゃないの？」

部長の問いかけに、前日の当直医が電子カルテの画面に目を凝らした。

レスポンス・タイムとは、一一九番に電話をかけてから、現場に救急車が到着するまでの所要時間のことを言い、地域の救急医療体制の良し悪《あ》しを判断する上で、有効な指標の一つと考えられている。言うまでもなく、レスポンス・タイムが短いほど、その地域の救急医療体制は優れているということになる。

ちなみに、総務省消防庁より発表されている平成二十九年中の公式データを見ると、レスポンス・タイムの都道府県別の全国平均が八・六分（東京都を除いた場合八・三分）であるのに対して、東京都のそれは、全国ワースト・ワンの一〇・七分であった。しかも、一〇分を超えているのは、東京都だけである。

「あっ、そうでした、細かく言うと……ですね、現場到着は十八時五十三分で、傷病者接触が十九時三十八分、ということになります」

電子カルテの画面を上下にスクロールさせながら、当直医が答えた。

「おいおい、現着から接触まで、四十五分って、そりゃ何かい、エレベーターのないタワーマンションの最上階か、それとも、表門から玄関まで何キロもあるっていう大豪邸なのかい、その傷病者が倒れてたっていうのは……」

うちみたいな場末の下町の近くに、そんな所があったっけか、と部長が茶々を入れた。

正確に言うと、要請された救急車が現場の所番地に到着した時刻が「現着」であり、その救急車から降りた救急隊が、傷病者を観察すべく、車載の医療資器材を携行して移動、実際に傷病者の傍《そば》に着いた時刻が「傷病者接触」である。

傷病者のいる現場が、駅や道路といったオープン・スペースなのか、あるいは、住宅やオフィスといった建造物の内部なのか、また、駅と言っても、田舎のそれか巨大な迷路のような都心の地下鉄の駅なのか、さらには、住宅と言っても、野中の一軒家なのか、はたまたマンション高層階の一室なのか、そうした現場の状況によって、この「現着」と「傷病者接触」との間に少なからぬ時間差が生じ得るのだが、通常は、せいぜいが二、三分程度のことである。

そうした現状から、救急患者を収容する際に、救急医療機関側が収集する基本的な病院前情報の中に、この傷病者接触時刻は含まれていないというのが一般的であろうと思われる。

実際、この下町の救命センターの収容患者台帳（その記載を、傷病者を搬送してきた救急隊に依頼している、一種の芳名帳のようなもの）には、「覚知」「現着」「現発」「病着」はあっても、「傷病者接触」という記載欄は設けていない。

「いえいえ、そうではなくて、ですね、先生……」

「先生、収容のお願いです、傷病者は、三十八歳の女性、自宅で倒れているところを救出されたもの、現在、意識レベルⅢ—200、呼吸一八、脈拍七〇、血圧九〇の五五、瞳孔左右とも三ミリ、対光反射なし、体温三五度五分、既往症にあっては、現時点では不明、いかがでしょうか」

「はいはい、どうぞ」

「ありがとうございます、所要にあっては約十五分、向かわせます」

救急指令センターからのホット・ラインの受話器を置いた当直医の背中で、若い研修医たちがざわついている。

——まだ、宵の口に、自宅で倒れてたっていう中年女性だよ、病態として何を考えればいいのかなあ

——三十八歳を中年女って言う? 失礼しちゃうわね

——しかし、年齢的に言うと、脳血管障害や循環器疾患っていうのも、ちょっと考え

にくいような……

——ま、年格好やバイタルからすると、いいとこ、薬の過量服用ってとこじゃないの、お決まりの？

——いやいや、糖尿病患者の低血糖性の昏睡《こんすい》かも……

「ゴシャゴシャ言ってないで、早いとこ、初療室での患者受け入れの準備をするぞ！」

当直医が研修医たちを一喝した。

意識障害の傷病者を受け入れる時に、何が来てもいいようにあらかじめ心の準備をしておくのは構わんが、あんまり先入観を持ちすぎると、足をすくわれちまうんだぜ、これが……

「どれ、隊長さん、話を聞こうか」

処置台に移された傷病者を若い医者たちに委ねた後、当直医が救急隊長を呼んだ。

「まず、時間から、よろしく」

当直医は、電子カルテのキーボードを叩《たた》きながら、救急隊長を促した。

「えーと、覚知が十八時四十五分、現着が十八時五十三分、接触が十九時三十八分、現発が十九時……」

「ん？　接触時刻ってそれであってる？　現着とずいぶん差があるようだけど」

「はあ、現場は十階建てマンションの八階にある一室だったんですが、それが、玄関のドアが施錠されていたものですから……」

　当直医の求めで、救急隊長が詳しい説明を始めた。

「実は、ドア施状態であることが、現着してから判明しまして、ところがそのマンション、管理人とかが不在で解錠できなかったものですから、レスキュー隊がベランダから進入しまして……」

「ベランダって……おいおい、八階だぜよ」

「ええ、傷病者宅の両隣が不在だったんですが、幸い、直上の九階の部屋に住人の方がおられましたので、そこのベランダを拝借して、そこから縄ばしごを使って、ですね」

「へえ、そりゃ、まるでアクション映画だね」

「はい、レスキュー隊員が、ベランダの窓から部屋の中をのぞいたところ、人が倒れていて動きがなかったということで、窓のガラスを一部破壊して解錠、部屋の中に進入したということでした」

　ほお、そんなことをするんだ、自分はまた、エンジンカッターでも使って、玄関の扉を力ずくで破壊するのかと思っていたんだけど……と、しきりに感心しながら、当直医は救急隊長の顔を見た。

「最悪の場合は、そうなっちゃうこともあるんですが、ただいずれにしても、こういう場合、救急隊だけではなく、レスキュー隊や消防指揮隊に加えて、警察官の立ち会いも必要となりますので、どうしても、時間を食っちゃいまして……」

「先生、ご存じでした？　救急事案に対して、消防がそこまでやってくれるなんて」

電子カルテから視線を外して、当直医が、部長に話を振ってきた。

「ああ、よく知ってる、っていうより、実は、俺も厄介になったことがあるからなあ」

ありゃ、ずいぶん前の話だけど、確か、夜中だったと思うが、ある知人から電話がかかってきて、今さっき、何か訳のわからん薬を服《の》んだって言うんだよ、そのまま、うっちゃっとこうかと思ったんだけど、電話の向こうで、明らかに意識がなくなりつつあるとわかったもんだから……だけど、ちょうど当直をしている最中で、自分で動くわけにはいかなかったんで、なんとか救急指令センターに頼み込んで、救急車を手配してもらったのよ、そしたら……

「その知人て、女性ですか？　へえ、先生にしちゃ、ずいぶんと艶《つや》っぽい話じゃあ、ないですか」

「バカ野郎、そんなんじゃないさ、ま、ちょいと訳ありではあったけどね」

後になって知ったんだが、結局、ドア施で傷病者と接触できなかったらしく、今回と同様、レスキューがベランダから進入して救出してくれていたんだ、幸い、生命《いのち》の方も、おかげで無事だった……

「って、いうか、このケース、そもそも、いったい誰が救急車を要請したんだよ」

話を断ち切るように、部長が声量を上げた。

「職場の上司のようですね、要請は」

「上司？　そりゃまた、どういう経緯《いきさつ》なんだい」

当直医の返答に、部長が怪訝な顔をした。

「ええ、救急隊長の話では、指令番地に急行したところ、傷病者の部屋の前に、通報者が立っていたと……」

――お宅ですか、通報されたのは

――そうだよ

――で、どんな状況なんでしょうか

――それがさ、鍵がかかっちゃってるんで、中に入れないんだよ

――え？　ご家族が倒れてるってことでは、なかったんでしょうか

――そうじゃないそうじゃない、俺、ここの住人の職場の上司なんだけどさ、彼女、

今日、無断欠勤したんで、自宅まで見に来たのよ、そしたらさ、ほら、部屋の灯《あか》りが点《つ》いてんだろ、それで、何回も呼び鈴を鳴らしたんだけどさ、出てこないのよ、これが

――どこか、お出かけなんじゃ……

――そんなはずねえだろ、だって、昼から、何回も携帯に連絡してるんだが、呼んではいるんだけど、応答がなくてさあ

――は、はあ、そうなんですか……

――それに、携帯鳴らしてみるとさ、ほら、かすかに、部屋の中から聞こえるだろ、呼び出し音が……

――……た、確かに

――だろ、だからさ、絶対に、部屋の中にいるんだよ、きっと

――な、なるほど、で、お幾つの方なんですか

――彼女？　三十七、八……だったかな

――四十前……ですか、で、その方、何か、ご病気があるんでしょうか

――し、知らねえや、そんなこたあ

――ご家族の連絡先は……

――わからねえよ、それより、おい、早く何とかしろよ、あんたたちゃ救急隊なんだ

ろ、え？

「如何《いか》にも怪しげだよな、そりゃ」

部長は、興味津々といった体《てい》で、身を乗り出した。

「はあ、通報者というのが、これまた強面《こわもて》だったとかで、隊長さんも、これは危ないと思ったんだそうで、空振り覚悟で、レスキュー隊を要請したと……」

「で、さっきの話の、アクロバット・シーンになった、ってわけね」

なるほどなるほど、そういうことか、と、部長は一人で合点しながら、何度か頷いた。

となると、その職場っていうのが、どんな類なのか、そりゃきっと、何か胡散臭《うさんくさ》い裏があるような……

「先生、話を先に、進めてよろしいですかあ」

「おっと、こりゃ失敬、どうぞ」

当直医は、部長の戯言《たわごと》を尻目に、プレゼンテーションを続けた。

救急隊員とて、人の子である。たとえ、それが理不尽な要求だとは思っても、相手がその筋の人間で凄《すご》みをきかせてくれれば、やっぱり縮み上がってしまうのだろう。

事実、似たような話で、通報者や取り巻き連中から、救急隊が刃物で威《おど》されたなんぞということも、時折、耳にする。

百戦錬磨のベテラン隊長ならいざ知らず、若い新米隊長だったりすればなおのこと、そんなことが頭を掠《かす》めていくというわけだ。

もちろん、それだけではなく、常に傷病者の危険側、つまり悪い方悪い方に立って事態を考え、たとえ無駄だと思っても、取りうる最善の行動をするというのが、救急隊の危機管理の鉄則である。

救急の現場は、いつも波乱含みなのだ。


「……と、いうことで、これが初療室で撮影した頭部ＣＴです」

電子カルテを操りながら、当直医は、頭部ＣＴの画像をスクリーン上に映し出した。

「ありゃあ、ＳＡＨ《ザー》かよ、しかも、左側の、結構な脳内血腫付きか……」

部長は、腕を組みながら、大きくため息をついた。

ＳＡＨとは、Subarachnoid Hemorrhage の略で、いわゆるくも膜下出血のことである。

脳というのは、頭蓋骨という硬い骨に囲まれた空間の中に存在しているのだが、その豆腐のような脳の本体は、軟膜、くも膜、硬膜と呼ばれる三重の膜によって覆われている。

軟膜は脳の表面に密着している薄い膜であり、その外側をくも膜という奇妙な名前の膜が覆っているのだ。さらにその外側に、厚みのある硬膜が存在している。

このくも膜と軟膜との間には、両者を繋《つな》ぐように何本もの線維が張り巡らされており、それがちょうど蜘蛛の巣が張っているように見えることから、この線維を含めた膜構造をくも（蜘蛛）膜と呼ぶ。

それを受けて、このくも膜と軟膜との間のスペースのことを、くも膜下腔《まくかくう》と称している。

通常、くも膜下腔は、脳脊髄液と呼ばれる液体によって満たされている。

また、脳に血液を巡らせ栄養する血管、脳動脈は、軟膜に覆われた脳の表面すなわちくも膜下腔を走っており、そこから脳の深いところに細い枝を伸ばしているのだが、このくも膜下腔を走っている動脈の壁が、何らかの理由により傷ついてしまい、血管の中からくも膜下腔にある脳脊髄液の中へ急速に血液が溢《あふ》れ出てしまったという状態を、くも膜下出血、略してSAHと言うのである。

さて、こうした血管が傷つく理由として、最も頻度の高いのが、脳動脈瘤《のうどうみゃくりゅう》の破裂である。

この脳動脈瘤というのは、文字通り、脳の動脈の血管壁の一部が、ちょうど樹木が二股に分かれるところにできた丸い虫瘤《むしこぶ》のように、異常に膨れているものを指しているが、そうしたものができる原因は、実はまだ完全には解明されていない。しかし、先天的に動脈壁の一部に弱い部分が存在し、それが時間をかけて、少しずつ風船が膨らむように、徐々に大きくなっていく、というような機序が考えられている。

その他にも、高血圧症あるいは習慣的な喫煙や大量飲酒といったことが危険因子として知られている。

原因はともかく、一定の大きさ以上に膨らんでしまった動脈瘤が、例えば、スポーツや感情的な興奮などによる血圧の上昇をきっかけに、ちょうど風船がパーンと割れるように破裂してしまう、それが、脳動脈瘤の破裂であり、その結果として、くも膜下出血の状態に陥ってしまうのである。

また、動脈瘤が大きくなっていく方向によっては、破裂した際に噴出した血液が、くも膜下腔だけではなく、脳本体の中に向かうこともよく見られることであり、そうした場合は、脳内血腫付きのくも膜下出血と呼ばれ、より緊急度・重症度が増すとされている。

ちなみに、脳動脈瘤について言えば、その存在を通常の健康診断やＣＴ検査などでは把握することができず、加えて、よほどの大きさにならない限り、その存在を疑わせる症状はなかなか表には出てこない。

そのため、かつては、くも膜下出血を起こしてみて、初めて動脈瘤の存在が判明するということが大半であったが、現在では、ＭＲＩ（核磁気共鳴画像法）検査を中心に実施されるいわゆる脳ドックなどにおいて、未破裂の動脈瘤を見つけることが可能となっており、その大きさによっては、破裂をする前に手術を含めた予防的な処置を行うことができるようになってきている。

こうした脳動脈瘤の破裂によるくも膜下出血の場合、発症時の状態は、その破裂の程度に応じて、最悪、瞬間的に心肺停止状態に陥ってしまうケースから、ちょっとした頭部の違和感を覚える程度のものまで、それこそピンキリである。

しかし多くの場合、患者は突然の激しい頭痛を自覚し、しかもその痛みは、これまでに経験したことのないような人生初のものであるとか、あるいはまるでバットで殴りつけられたようなものなどと表現したりする。

また、同時に激しい嘔気《おうき》に襲われて、噴水のように口から胃内容物を吐き出すということも、よく聞く話である。

いずれにしても、そうした頭痛を自覚したり、あるいはその後に意識をなくすような事態に陥ったのであれば、時を置かずに救急病院を受診させる必要がある。

脳動脈瘤の破裂によるくも膜下出血は、一刻も早く正確な診断を下し、手術を含む適切な処置を施さなければ、生命の危機を招いてしまう恐れがあるという、まさしく救命救急疾患の典型なのである。

「だけどさ、このSAH……見るからに、結構、時間が経っちゃってるようだぜ」

頭部CT写真の画面に見入っていた部長の問いかけに、当直医が頷きながら答えた。

「おっしゃる通り、目撃がなく、何時《いつ》発症したのかまったく不明なんですが、患者さんの元気な姿が最後に確認されているのが、先週土曜日の早朝の、職場からの退社時ということなので、もし、帰宅直後に発症していたとすると、昨日が月曜日ですから、えーと……最悪丸々二日以上、そこに倒れていたということになります」

実際、顔面から上半身にかけて、吐物と思われる異物が付着していたんですが、もうカピカピに乾燥しちゃっていて、それに、救急隊の話では、傷病者は腹臥位で倒れていたということなんですが、両肩の前面、両膝部、それに、両側の腸骨棘《ちょうこつきょく》辺りに、褥瘡《とこずれ》のような皮膚変化がすでに認められていましたから……と、当直医が付け加えた。

「そうか、下手すりゃ、確かにそれぐらい時間が経っている所見のCTかもね」

で、その後は、どうしたの、と部長は、電子カルテの画面から当直医に視線を向けた。

「はい、意識レベルが300で、呼吸も危うくなってましたので、とにかく、気管挿管をして、人工呼吸を始めたんですが……」

当直医は、SAHに対する応急処置として、脳室ドレナージをやろうかとも思ったたんですが、やっぱり、発症してからかなりの時間が経過しているらしく、血液データも大きく崩れていて、それに、血圧の方も、昇圧剤を投与しても、これがもう、ほとんど反応がなくて……と、声を落とした。

「土俵を割っちゃってるって、ことか」

「はあ、ということで、救命センターの病室に入れて、そのまま経過を見ることに……」

重症のくも膜下出血と言えば、本来なら、救命センターの腕の見せ所なんだが、そうか、それなら仕方ねえな、ご苦労さんと、当直医を労《ねぎら》いながら、部長が続けた。

「で、現在《いま》の状態は、どうなってる？」

「おそらく、このモーニング・カンファが終わる頃には、決着がつこうかと……」

「家族は？　連絡がついているのかい」

「いえ、それが……例の職場の上司とやらに聞いても、全然埒《らち》が明かなくて、ですね、まだ、家族的な背景がわからないんですよ、これが」

当直医は、如何にもうんざりといった調子で答えた。

「何なんだよ、その上司って、いわゆる水商売の黒服ってやつか」

「どうでしょう、担ぎ込まれてきた時の格好や化粧は、そんなにケバケバしたものではなかったんですが……」

四十に手が届こうかという歳《とし》で、怪しげなキャバクラ勤めなんてこと、ありますかねえ、と当直医は首を傾《かし》げた。

「まあ、いずれにしても、従業員の家族の連絡先を把握してないような会社なんだ、真っ当なもんじゃねえさ」

だけど、その男の他に、病院に駆けつけてくるような人間は、誰もいなかったのかい、と部長は続けた。

「ええ、救急隊が気を利かせて、倒れていた患者の傍らにあった携帯電話とバッグは持ってきてくれたんですが、めぼしいものは何もなくて……」

担ぎ込まれてから本人の携帯電話が鳴ることもありませんでしたし、こちらで誰かに連絡を取ろうと思っても、携帯電話にはロックがかかっていて、まったくのところ、お手上げ状態でしたから、と当直医は下を向いた。

「しかし、週末に自宅で倒れていても、誰にも気がつかれない女性なんてのは、どうよ、それじゃあ、その辺の寂しい独居老人となんにも変わらんぜ」

「東京の一人暮らしなんて、先生、男女にかかわらず、せいぜい、そんなもんですよ」

当直医の返答に、そう言われたら、身も蓋もねえよなあ、と、半ば独りごつように、部長が呟いた。

「それでですね、先生、確認後は、死亡診断書でよろしいでしょうか」

「病死及び自然死」という種別で、死亡原因としては、「内因性のくも膜下出血および脳内出血」と書き入れるつもりなんですが、と当直医は部長の顔を見た。

「『病死及び自然死』ねえ……いや、一応、所轄に入ってもらおう、どうせ収容時には、現場で立ち会ってたんだから、警察は」

「そ、そうですか、しかし、体表にこれといった傷もありませんでしたし、別に頭部を殴られたような跡もなかったんですがねえ……あのSAHと血腫は、外傷性のものとは、ちょっと思えませんが」

当直医は、きょとんとした、如何にも意外というような顔を部長に向けた。

「うん、俺も内因性でいいとは思ってるんだけどさ、ほら、レスキューまで出張《でば》ってきちゃって、大わらわで緊急搬送してきたのはいいんだけど、結局のところ、発見系だったわけで」

発症時の明確な目撃がないとなると、やっぱりね、万一のこととして、何か事件性のあるものが隠れているかもわからないし、それに、例の危なそうな輩《やから》もバックについていることだから……と、部長は訳知り顔で当直医に答えた。

「……了解です」

当直医は、気を取り直したように、顔を上げた。

「えーと、それじゃあ、次の患者さんです、六十五歳の男性で、妻との会話中に、突然、卒倒し……」

＊

発見系なんぞ、突発・不測を旨とする天下の救命救急センターが、本来、診るべきものではない、なんぞと嘯《うそぶ》いてみたところで、それでもやっぱり、いつものように、モーニング・カンファレンスは続いていきます。

第三話　それは自殺!?

「次の入院患者は、秋田和夫《あきたかずお》さん、です」

「秋田、秋田……秋田さんって、何号室？」

電子カルテ上にある救命センターの病棟マップを眺めながら、部長が呟いた。

「ああ、ここか、え？　こんな名前の人、入院してたんだっけか」

部長が怪訝そうに、電子カルテから顔を上げた。

「はあ、入院時のプレゼンテーションの時は、身元がまだわかっていなかったので……」

確か、0181オ、だったはずですよ、収容時は、と前日の当直医が電子カルテをスクロールしながら答えた。

救命センターの、朝の申し送りである。

そこでは、前日に緊急入院した患者のプレゼンテーションに加えて、すでに救命センターの集中治療室に収容され、入院加療を実施している患者の前日の様子についても、電子カルテを供覧しながら報告される。

その電子カルテには、救命センター内のベッドの配置を示している見取り図（病棟マップ）があり、そこをタップすれば、当該患者のカルテが展開される仕組みである。

ちなみに、0181オというのは、今年になって百八十一番目の身元不明の男性、の謂《いい》である。

救急隊によって担ぎ込まれてきた時に、例えば、傷病者が意識不明であったり、運転免許証などの所持品が見当たらなかったりすると、その身元がわからないという事態に遭遇することになる。

病院での診療の第一歩は、何をおいても先《ま》ずカルテを作ることから始まるのだが、氏名、生年月日といった基本情報がわからなければ、これがなかなか進まない。

別の言い方をすると、電子カルテを導入している医療機関では、とにもかくにもその傷病者に他と区別して特定できるような札を貼り付けないことには、システム上、レントゲン一枚撮るにも、採血ひとつするにも、埒が明かないということである。

苦肉の策として、件《くだん》のような通し番号と、男性ならオ（男）、女性ならコ（子）というカタカナとの組み合わせを、傷病者の仮の名前として登録するというわけだ。

もちろん、後になって本当の氏名、生年月日等が判明すれば、その段階で修正しなければならない。

実際のところ、このヒモ付けという作業が、現場にとっては相当に煩わしい。いやはや、電子カルテなるものが導入されて、果たして本当に、便利になったのかどうなのか……

「結局、翌日には意識も回復して、本人の口から、身元が判明したんですよ」

と、いうことは、意識障害を主訴として救急搬送されてきたってことね……って待てよ、だとすると、何だったったっけな、秋田さんの病名は……最近は、ほんと、物覚えが悪くなっちまったよなあ、と独りごちながら、部長は電子カルテの画像検査のページを開いた。

「……はいはい、この患者さんね」

この写真を見せてくれりゃあ、一発で思い出せるんだよ、これが、と部長は一人で合点した。

「どれ、隊長さん、話を聞こうか」

救急隊が初療室に担ぎ込んできた傷病者の処置を、若い研修医たちに任せながら、その夜の当直医が、搬送してきた救急隊を呼んだ。

「救急指令センターからの情報では、路上で倒れているところを発見された六十代もしくは七十代の男性で、意識がないということだったけど、人定《じんてい》は？」

「不明です」

救急車内でも探ったんですが、所持品は財布だけで、身元を示すようなものは何も見つからなかったと、隊長が付け加えた。

「幾つぐらいに見える？」

「さあ、六十代半ばといったところでしょうか」

「で、現場では、どんな状態だったの？」

「はい、傷病者は、歩道上、傍らの縁石に頭を乗せたような格好で、仰臥位《ぎょうがい》で横たわっておりました」

「なに、転倒？」

「それは、何とも……通報者の話ですと、実際に倒れるところは目撃していないということでしたので」

「頭部に傷があった？」

「いえ、特に開放創のようなものはありませんでした」

「酒は？」

「はい、少しアルコール臭がするかなと……」

「接触時のバイタルは？」

「意識レベルがⅢ―300、心拍数は四五、呼吸数は一〇、血圧は七〇の四五、瞳孔にあっては、左右とも二ミリメートル、対光反射はありませんでした」

「ふうん、酔っ払って、道端で寝込んじゃったっていうだけなんじゃないの」

「いえ、そんな泥酔状態という印象では……」

その時、当直医の背中越しに、若い女医が金切り声を上げた。

「先生、呼吸が止まりそうなんで、気管挿管、よろしいでしょうか」

その声で、当直医が立ち上がった。

「なんだよ、そんな状態なのかい」

そう言いながら、当直医は、着ていた衣服を脱がされ処置台の上に横たわっている傷病者と、天井からつり下げられている生体情報モニターに、交互に視線を向けた。

「ま、待った、写真だ、写真が先だ！」

「そうそう、この写真だよ、頸椎の側面像」

何度見ても、この手の写真はゾッとするよねえ、と言いながら、部長は首をすくめた。

一昨日《おととい》の夜八時過ぎに搬送されてきた0181オの搬入時の頸椎、つまり首の骨のレントゲン写真を供覧すべく、申し送りをしていた当直医が、電子カルテの映像をスクリーン上に映し出した。

「ほら、この写真、見てごらんよ、第四頸椎の椎体が、五番目の椎体の前方に飛び出しちゃってるだろ、しかも、第四頸椎の左右の下関節突起が折れて、第五頸椎の上関節突起を乗り越えてしまってるよね、典型的な第四頸椎の前方脱臼骨折だよ」

それに一目瞭然、第四頸椎と第五頸椎の間を境にして、その上下の脊柱管の長軸が大きくずれてしまっているだろ、頸髄損傷の存在は間違いない、と部長は付け加えた。

「こんなの見せられたら、こっちの方が縮み上がっちゃうよね、ほんと」


おそらく、このケースでは、脱臼骨折の部分で、脊髄すなわち頸髄が引きちぎられんばかりの損傷を受けていると思われる。

この部分の頸髄には、両手両足はもちろん、首から下の全身に至る運動神経および感覚神経が走っている。それが大きなダメージを受けたとなれば、傷病者は両手両足の利かないいわゆる四肢麻痺と呼ばれる状態に陥る。

さらには、胸壁の筋肉（肋間筋《ろっかんきん》）の麻痺が引き起こされて、呼吸もままならなくなってしまうのだ。ただ、この部位での頸髄損傷であれば、横隔膜の動きを司《つかさど》る横隔膜神経は生き残るとされており、その結果として、傷病者は横隔膜だけを使った呼吸運動すなわち腹式呼吸を呈するのである。

また、脊髄の中には、自律神経である交感神経も走っており、そのために、頸髄損傷が引き起こされると、交感神経系がダメージを受け、相対的に副交感神経系が優位な状態になると考えられている。

頸髄損傷の場合に心拍数が落ち、血圧も低下し、ショック状態に陥ってしまうのは、そうした理由からである。

また、ペニスの勃起は副交感神経優位によってもたらされるとされており、例えば、交通事故などで初療室に担ぎ込まれてきた傷病者の脱衣をさせた時に、本人の意に関係なく勃起が見られる時は、脊髄損傷の存在を強く疑うべきであるとされている。

「四肢の骨折や、肩や肘の脱臼なんかと違って、脊椎や脊髄損傷の存在は、体の外から、簡単にわかるというものではないんだよ、これが」

特に、何らかの理由で意識レベルがダウンしているような傷病者の場合、抓《つね》っても叩いても手足を動かさないのが、脊髄損傷の存在によるものなのか否か、その判断は、実のところ、かなり難しい、しかも、こうした頸椎損傷の存在に気づかずに、例えば、気管挿管などといった頸椎に大きな負荷をかける可能性のある処置を安易に行ってしまった場合、かろうじて損傷を免れていた脊髄に対して、それこそ取り返しのつかない致命的なダメージを与えてしまうことがあるんだから、と部長が続けた。

「だから、いい判断をしたんだぜ、彼は」

非番でその場には来ていない一昨日の当直医を持ち上げながら、部長は、電子カルテに視線を戻した。

「で、秋田さんの昨日は、どうだったの」

部長に促されて、当直医は前日の報告を始めた。

「今、部長から説明のあった通り、初療室で慎重に気管挿管を行った後、人工呼吸管理を開始、その後に、脱臼骨折している頸椎に対して、ハローベストを用いた脱臼整復術および体外固定術を実施した、というのが、一昨日までの経過でした」


ハローベストとは、ネジで直接頭蓋骨に固定されたアルミ合金製のリング（輪っか）と、上半身に着用したボアで裏打ちされたプラスチック製のベスト（チョッキ）とを、四本のバーで連結することにより、首の動きを制限する装具である。いわば、首の骨が折れた時に施すギプスのようなものだと思っていただければよい。

「その後、昨日になって、急速に意識レベルが改善して、腹式であることは変わりませんが、呼吸がずいぶんとしっかりしたものになりましたので、人工呼吸器から離脱、気管チューブも抜去《ばっきょ》することができました」

「ああ、それで、身元についても、本人の口から聞き出すことができたってわけね」

そりゃあ、よかったんじゃない、きっと、初療室での対応がさ、百点満点だったからなんだろうね、と部長が何度も頷いた。

「それが先生、ちょっと困ったことになりまして……」

「え？」

「今申し上げた通り、ご本人の意識が戻ってくれて、人工呼吸器が外れはしたんですが……」

「結構なことなんじゃないの、そりゃ」

部長は、いったい何が気に入らないっていうんだよ、という視線を当直医に向けた。

「はあ、確かにそれは、ありがたいことは、ありがたいんですがねえ……」

当直医の歯切れの悪さに、部長が少しばかり、声を大きくした。

「何だか怪しげな物言いだよなあ、そう言えば、そもそも、意識障害をきたした理由が何なんだか、わかってんの」

だってさあ、担ぎ込まれてきた時には、昏睡状態だったんだろ？　それが何で、そんなに短時間の内に、それもすっきりと意識が戻ったんだよ、と部長は、いらついた声を上げた。

「これだけの頸椎損傷だぜ、転倒時に、相当な外力が後頭部辺りにも加わってるんだと思うがな」

後頭骨《こうとうこつ》の骨折や、あるいはそれがなくても、それなりの脳挫傷や外傷性くも膜下出血ぐらい合併していたところで、何の不思議もないだろ、と部長は付け加えた。

「おっしゃる通りなんですが、幸い、画像検査では、そうした損傷は一切ありませんでした」

「……と、すると、何、単なる脳振盪《のうしんとう》だったってこと?」

それにしちゃあ、意識障害の程度が酷《ひど》すぎるんじゃないのかよ、と部長は首を傾げた。

「はあ、おそらく、ナルコーシスに陥っていたんだろうと推測しています」

実際、最初の血液ガスの所見で、かなりの高炭酸ガス血症が認められましたので……と、電子カルテを操りながら、当直医が答えた。

動脈を流れる血液中に溶け込んでいる二酸化炭素（CO_2）分圧すなわち炭酸ガス濃度が、何らかの原因で異常に高くなった場合、正常ならわずかにアルカリ性を示すところで厳密にコントロールされている動脈内の血液が、大きく酸性側に傾く呼吸性アシドーシスと呼ばれる状態に陥る。それに伴って体内環境が変化し、その結果として、脳細胞の働きがおかしくなり、意識障害をきたすことになるわけだが、この呼吸性アシドーシスの程度によっては、最悪、昏睡状態に陥ってしまうことがあるのだ。その状態をナルコーシス（CO_2ナルコーシス）と言う。

このナルコーシスを引き起こす原因、つまり動脈内の血液中の炭酸ガス濃度を上昇させる病態に共通して言えることは、「息を吸って、吐いて」という呼吸運動が障害されているということである。

呼吸とは、簡単に言えば、生命を保つために不可欠な酸素を外界から取り入れ、新陳代謝で生じた不要な炭酸ガス（二酸化炭素）を外界に吐き出すということなのだが、一般にはこのことをガス交換と言っている。

こうした呼吸には二種類あり、一つは、内呼吸あるいは細胞呼吸と呼ばれ、体を作っている個々の細胞と、その細胞を取り巻く環境つまり血液との間で行われるガス交換である。

もう一つは、血液と体外（外界）との間のガス交換を行う外呼吸である。

人間の場合、この外呼吸は、鼻や口から始まり、咽頭から喉頭に連なり、気管から左右の気管支を経て、左右の肺に至る一連の呼吸器官が担っている。

鼻や口から出入りする空気の通り道である呼吸器官は、いわば体に開いた細く深い穴のような代物である。その穴の最も深い所には、極々小さな風船のような肺胞が無数に存在しており、さらに肺胞の外側には、網の目状の微細な毛細血管が絡みついている。

この肺胞の中には、外界の新鮮な空気が流れ込んできており、その空気の中から、毛細血管内の赤血球が酸素を取り込んでいる。同時に、毛細血管内を流れている血液中に溶け込んでいた炭酸ガスが、血液中から肺胞の中へ漏れ出ていき、最終的には、口や鼻から外界へ、気体の炭酸ガスとして吐き出されていく。

一連のこうした流れが外呼吸と呼ばれるものであり、肺胞の中に空気を取り込むことを吸気、炭酸ガスを含んだ肺胞内の気体を吐き出すことを呼気と呼んでいる。これらを合わせた「息を吸って、吐いて」という呼吸運動を、換気と言う。ちなみに、換気は脳の中にある呼吸中枢で四六時中コントロールされており、通常は、睡眠中のような無意識の状態下にあっても、それが止《や》むことはない。

こうした換気が、しかし、何らかの理由で十全なものではない場合、肺胞からの炭酸ガスの排出が低下、血液中の炭酸ガスが増え続けることになる。これが高炭酸ガス血症という状態であり、その結果、呼吸性アシドーシスに陥り、そのまま放置すれば、昏睡状態すなわちナルコーシスになってしまうのだ。

「なるほど、ほろ酔いと頭部打撲でもって少し意識レベルがダウンしたところに、頸椎の脱臼骨折による脊髄損傷が加わって、換気障害をきたしちゃったっていう、そういうストーリーね」

担ぎ込まれてきた時、胸が全く上がらない腹式呼吸だったが、あの頸椎の脱臼骨折じゃ、無理もないよなあ、と部長が頷いた。

「ええ、その後、人工呼吸を行うことで炭酸ガスが飛ばされて呼吸性アシドーシスが改善し、同時に、アルコールや脳振盪の影響が消えたことで、意識が戻ったんだと読んでいるようですね、主治医たちは」

意識が完全に戻った段階で、腹式呼吸でも十分な換気が確保できると判断し、人工呼吸器を外したところ、声も出せるような状態になったようだと、当直医は続けた。

「そうか、ま、何にしてもよかったじゃないか」

部長は、やっぱり、最初の対応がよかったんだろうな、と、また、何度も頷いた。

「それで、その秋田さん、年齢は？」

「えーと、六十八……ですね」

そりゃまだ、若いよなあ……と、独りごちながら、部長が続けた。

「家族は？　もちろん、連絡はついているんだろ」

「いえ、それが、ご本人がおっしゃるには、係累というか、血縁関係者は、もうどこにもいないんだと……」

「職場関係とか、親しい友人とかは」

「どうやら、定年でリタイアをして、一人暮らしのようで」

「悠々自適の、年金暮らしってわけか……」

おまえさんが、さっき困ったことになったとぼやいていたのは、要するに、身元引受人が誰もいないっていう、そういうことなのかい、と部長が尋ねた。

「それもそうなんですが、そんなことよりですね、実は……」

——秋田さん、秋田さん、私の声が、聞こえていますか
——……は……は、はい
——ケガの具合に関しては、さっきお話しした通りです、おわかりになっていますか
——……は、はい
——いいですか、ずれた首の骨は、手術で固定できますが、この先、秋田さんの手足が元通り動くようになるかどうか、現時点では何とも言えません
——…………
——ただ、いずれにしても、とっても長い時間が、かかると思います
——…………
——今の段階で、秋田さんにとって一番大事なことは、手足のことより、呼吸に関することなんです
——……は、はい？

――秋田さん、ちょっとがんばって、深呼吸をしてみて下さいな

――じゃあ、次は、咳《せき》をしてみて下さい

――……

――ね、どうですか、難しいですよね

――……

――首のケガの所為《せい》で、秋田さん、呼吸の状態がよくないんですよ

――……は、はい

――今は、酸素マスクで何とかなっていますが、この先、今みたいに大きな咳ができなくて、痰《たん》を出せないようだと、秋田さん、間違いなく肺炎を起こしちゃうんです

――……

――わかりますか

――……は、はい

――それって、実は些細《ささい》なことではなくて、今の秋田さんにとっては、いいですか、命取りになってしまうほどのことなんですよ

――……

――それで、ですね、そうなってしまうことを防ぐために、場合によっては、というか、まず間違いなく、気管の中に、そう、喉の奥の方に、細いチューブを入れてね、人工呼吸器っていう機械をつけなければいけないことになると、私たち、考えてるんです

――…………

――秋田さん、秋田さん、今、私が話したこと、おわかりになりますか

――……は、はい

――では、このことを、秋田さん、了解しておいて下さい、よろしいですね

――……い、いや……

――えっ？　今、なんとおっしゃいましたか

――……い、いやです

――いやって……秋田さん、ね、もう一度、説明しますよ、いいですか、秋田さんの命をつなぎとめるためには、ですね、今申し上げた人工呼吸ということが、絶対に……

――い、いや、嫌……です……や、やめて……下さい

「『嫌だ、やめて』って、そ、そりゃ、どういうことよ」

「だから、そのお……つまり、そういうことなんです」

主治医に対して、人工呼吸器の装着を、明らかに拒否しているんですよ、秋田さんは、と当直医は答えた。

「おいおい、それがどういうことを意味するのか、ほんとにわかってるのか?」

「もちろん、我々はわかってますが……」

「そうじゃない、患者さんの方だよ、ほんとに理解しているのかい、秋田さんは」

「おそらく」

主治医が説明をしているその場に、私も同席していましたが、間違いないですね、と当直医が続けた。

「きっと、そう、あれなんじゃないの、実はまだ、意識が完全に戻ってなくて、夢うつつだとか、あるいは反対に、手足が突然動かなくなってしまったことで、パニック状態に陥っているとか……」

部長は、当直医の顔をのぞき込むようにして言った。

「いいえ、あれは完全に覚醒していますね、それに秋田さん、インテリジェンスも、相当高い方《かた》だと思いますよ」

最近では、著名人が頸髄損傷になって、一生、寝たきりになってしまったりだとか、急性期に絶命してしまったりだとかのニュースがありましたから、一般の人でも、首の骨を折るということが何を意味するのか、結構よく知っていると思うんです、と、当直医は、自信ありげに答えた。

「そりゃ、確かに、おまえさんの言う通りかも知れないが……」

部長が、少しばかり声を落とした。

「まあしかし、承知するようになると思うよ、ほんとに呼吸が苦しくなってきたら」

大方、そんなもんよ、私の経験では、と、部長の隣に陣取っていた救命センター勤めの長い医者が、口を開いた。

「そ、そうですかね……なら、いいんですが、ただ、あの時も、意識的な腹式呼吸で、かなり疲労してきているようには、見受けられたんですが……」

「人間なんてさ、息が詰まりそうになりゃ、誰だって、苦しい、助けてくれって、喚《わめ》き出すもんなんだよ、ね、部長」

まあ、見ててごらんなよ、そんなに心配しなくても大丈夫だからさ、と訳知り顔の医者は続けた。

こんなことなら、秋田さんの意識、戻さない方がよかったですかね、先生、と言いながら、当直医が、ふっと一つ、ため息をついた。

「おいおい、そんなこと、言ってくれるなよ」

うちの救命センターに担ぎ込まれてきたから、秋田さん、助かったんだぜ、そういう意味じゃ、超ラッキーだったんだからな、秋田さんは、と部長が当直医を窘《たしな》めようとした時、それまでのやりとりをじっと聞いていた若い医者が、突然、後ろの席から声を上げた。

「それって、秋田さん、自殺……いや、このまま死んでしまいたいと望んでるんじゃないんでしょうか」

朝の申し送りが行われるカンファレンス・ルームが、一瞬、静まりかえった。

「な、何だって？」

訳知り顔の医者が、振り返った。

「だって、先生、間違いなく四肢麻痺が残ってしまう状態なんですよ、しかも、そんな状況を支えてくれる家族や友人が誰一人としていないっていうんですから」

「わかってるさ、いや、だからさあ……」

「そんな状況に直面した時、もうすぐ七十歳になろうかという人間に、それでも生き抜いていこうっていうモチベーションなんかは、湧いてこないんじゃないでしょうか」

「バ、バカ野郎、ほんとの重症の頸髄損傷患者と、長くつきあったことがないようなおまえみたいな若造に、いったい、何がわかるってんだよ、ええ？」

若い医者につかみかかりそうになった訳知り顔を、部長が押しとどめながら、振り向いた。

「わかったわかった、この話、また後でやろう、今は時間がない、申し送りを続けてくれ」

部長は、少しばかり大きな声で、当直医を促した。

「は、はい、それじゃ、次の患者さんです、えーと、次は5号室の……」

＊

経験豊富なベテランと、新進気鋭の若手が、ガチで渡り合う、そんな不穏な空気を醸し出しながらも、それでもやっぱり、救命センターのモーニング・カンファレンスは、続いていきます。

第四話　それは運命!?

「次の症例は、熱傷《ねっしょう》です」

「やけどか、受傷機転は？」

「蠟燭《ろうそく》です」

「ロウソク？」

「ええ、仏壇のロウソクの火が着衣に燃え移ってしまったということでした」

当直明けの担当医が、前日、救命センターに収容された患者の申し送りを行う、いつものモーニング・カンファレンスである。

救命センターに搬送されてくるのは、内因、外因を問わず、原則として、いわゆる突発・不測を属性とする種々の病態に陥っている傷病者である。

内因性のものとは、心筋梗塞や脳卒中といった疾病によるものを指し、外因性のそれは、内因以外の原因によるもの、具体的には、外傷、急性中毒、窒息、縊頸《いっけい》、溺水、体温異常（熱中症や偶発的低体温症）などがあり、それに加えて大きなカテゴリーとして熱傷がある。

　熱傷、すなわち、やけどとは、端的に言えば、体表面の皮膚や粘膜に熱が加わって生じる損傷である。それらの熱源としては、火炎はもちろんのこと、高温に熱せられた液体、個体、気体あるいは爆風などが挙げられる。

　その他にも、例えば火災現場などで発生する高温の有毒な煙を吸い込んだことにより、呼吸器系に障害を生じる気道熱傷や、感電により体内に電気が走り、それによって発生する熱が障害を引き起こす電撃傷、あるいは、強い酸性やアルカリ性を呈する化学薬品が付着することにより、皮膚にびらんや潰瘍《かいよう》を生じてしまう化学熱傷といったものも、広い意味でのやけどに分類されている。

　こうした熱源は、家庭内や職場といった身近に存在するものであり、重症度を別にすれば、やけどは日常よく見られる疾患と言える。

　そんな中で、緊急度や重症度の高いやけど、つまり、即生命に係わるものや、あるいは対応を誤ると命取りとなったり重大な後遺症が残ってしまうようなケースが、救命センターなどの高次救急医療機関に搬送されてくるのだ。

「仏壇、ロウソク、やけど、とくれば、患者は、間違いなく後期高齢者だな」

「おっしゃる通り、八十二歳の女性です」

似たような傷病者が、過去に何人も担ぎ込まれているからなあ、と部長が頷いた。

「ご本人の話では、仏壇の奥にある物を取ろうとして右手を伸ばした時に、上着の袖口にロウソクの火が燃え移ってしまい、ご自分で消そうとしたらしいのですが、利き手が右だったために……」

「慌てちゃったんだな、きっと」

「……階下にいた息子さんが、悲鳴を聞いて駆けつけた時には、すでに、背部に火が回ってしまっていたということでした」

「そうか、着ていた上着の素材にもよったんだろうが、そりゃまあ、しかし、何ともかわいそうな話だよなあ」

危ないから、仏壇にはロウソク型の電灯を使うようにって、消防署や行政なんかでは指導しているはずなんだけど、線香を燻《くゆ》らすには、やっぱ、火が要るからなあ、と訳知り顔に部長がため息をついた。

「既往歴は？　何かあるの」

「いえ、特に、これといったものはなく、現在、高血圧の薬だけを服用しているということでした」

ＡＤＬ（日常生活動作：Activities of Daily Living）は、どうなんだ、と部長が続けた。

「息子さんの話ですと、さすがに最近では、年齢《とし》相応に衰えてきているようだが、身の回りのことは、すべて自分でできているんだと」

「そうだよな、二階にある仏壇で、一人でちゃんと手を合わせることができているんだからね……」

部長は、そう言いながら、怪訝そうな顔を見せた。

「いや、しかし、受傷は昨日の午後早い時間なんだろ、よく息子さんが家にいたよね」

「はあ、母親である患者さんと同居されているということなんですが、昨日は、たまたま仕事が休みで、息子さん、自宅で過ごしていたそうです」

「ラッキーだったねえ、そりゃあ」

だってさ、息子さんと二人暮らしなんだろ、もし、その時家に誰もいなかったとしたら、ひょっとして、家まで燃えちゃってたかも知れないんだぜ、と部長が応じた。

「で、やけどの程度は、どうなのよ」

「はい、受傷の部位としては、上半身が中心で、今のところ、Ⅱ度が約七パーセント、Ⅲ度が約一五パーセントと見積もっています」

電子カルテの画面上に映し出された受傷部位を示す人体図に見入りながら、と、すると、年齢が八十二だから……下手すりゃ一〇〇超えかよ、と部長が独りごちた。

やけどの重症度を判断する上で、大事な要素は、その広さと深さである。

やけどの広さ、すなわち熱傷面積は、通常、体表面全体に対するパーセンテージで表現される。

臨床現場でよく用いられる熱傷面積の簡易的な計算方法には、傷病者の掌《てのひら》の面積が体表面全体の一パーセントに相当するものとして計算する方法（手掌法《しゅしょうほう》）とか、大まかに、片方の上肢を体表面全体の九パーセント、片方の下肢を一八パーセント、体幹の前面・背面をそれぞれ一八パーセント、頭部・顔面を九パーセント、そして残りの陰部を一パーセントとカウントするような、「九の法則《ルール》」と呼ばれている方法などがある。

一方の深さ、すなわち熱傷深度は、皮膚のどの部分にまで熱による障害が及んでいるのかで示され、通常は、Ⅰ度、Ⅱ度、Ⅲ度の三段階に分類されている。

Ⅰ度とは、皮膚の上層である表皮だけが熱による障害を受けた場合を指し、Ⅱ度とは、表皮の下にある真皮《しんぴ》と呼ばれる層にまで及んでいる場合を言う。さらに、Ⅲ度とは、真皮の下にある皮下脂肪組織までを含む皮膚の全層がダメージを受けているものである。

具体的には、例えば、夏場の日焼けや、熱めの風呂に長時間浸《つ》かっていたりした時に見られるような、皮膚が真っ赤になってヒリヒリするというものが、いわゆるⅠ度のやけどに相当する。

Ⅱ度というのは、電気ケトルなどを誤って倒してしまい、中に入っていた沸かし立ての熱湯を被《かぶ》ってしまったような時に見られるもので、水ぶくれを作ったり、あるいはそれが破れて表皮がめくれて剝がれ落ちてしまっているような状態のやけどで、強い痛みを伴っていることが多い。

これが、たき火やコンロなどの炎によって炙《あぶ》られたことによってできるⅢ度となると、その部分の皮膚は白っぽくなり、さらに熱が加わると、炭化と呼ばれるような茶色から黒色調を呈することもある。皮膚の全層に及ぶⅢ度のやけどの場合、むしろ、全くと言ってよいほどに痛みを感じなくなってしまう。

やけどの重症度は、通常、こうした熱傷面積と熱傷深度の組み合わせによって判断されている。

例えば、Ⅱ度のやけどで、熱傷面積が三〇パーセント以上である場合や、Ⅲ度のやけどが、一〇パーセント以上の範囲で認められる場合は、重症と診断される。また、Ⅱ度が一五〜三〇パーセントだったり、Ⅲ度が二〜一〇パーセントであれば中等症と判断される、といった具合である。

この他にも、熱傷指数（ＢＩ：Burn Index）と呼ばれる指標がある。この指数は、Ⅱ度の熱傷面積の半分と、Ⅲ度の熱傷面積とを合算した値であり、これが一〇〜一五以上であれば、重症と判断される。

もう一つ、重要な指標としてよく用いられているのが、熱傷予後指数（ＰＢＩ：Prognostic Burn Index）である。

これは、やけどの患者の予後、すなわち、やけどが生命に及ぼす影響を推し量るための数字であり、熱傷予後指数＝熱傷指数＋患者年齢という式で算出される。

この熱傷予後指数が八〇以下であれば、もともと何らかの重い病気でもない限り、そのやけどで命を落とすということはまずないが、それが一〇〇を超えてくると、生存率は二〇パーセント程度にまで減少するとされ、さらに一二〇を上回りでもしようものなら、その予後は、もうほとんど絶望的だとされている。

つまり、その予後を予測するに当たっては、やけど自体の重症度に加えて、患者の年齢を加味しなければならないということを、この指標は示している。

しかし、もし、この熱傷予後指数が信頼できるものだとすると、齢八十を超えるような高齢者にとっては、程度の軽重にかかわらず、やけどを負うこと自体が、生命の危機を招くということになる。早い話、「高齢者のやけどは命取り」というわけだ。

部長が呟いた「下手すりゃ一〇〇超え」というのは、この熱傷予後指数のことである。

「そうか、そりゃあ、ずいぶんと大変だったな」

部長は、電子カルテを繰りながら、担当医に労いの言葉をかけた。

「で、現在《いま》は、どうなってる？」

やっぱ、何かい、人工呼吸管理になっちゃったか、それとも、もう……と、部長は声を落とした。

「はあ、何とか循環動態も落ち着いていますし、尿量も確保できています」

もちろん、人工呼吸器はつけておらず、今のところ、酸素マスクだけで凌《しの》げています、と担当医は答えた。

「そうかそうか、そりゃ偉かったな」

声の調子と一緒に、部長は顔を上げた。

「そ、そうだよな、やけどの範囲や深さなんていうのは、受傷したばかりのタイミングで、正しく判定することは、ホント、難しいんだし、いろんなインデックスだって、どれも大雑把なものなんだから、そんなもの、端《はな》っから、当てにできるもんでもないしな」

部長は、気を取り直すように、担当医の顔を見た。

やけどの患者に対する急性期治療、特に救命センターに搬送されてくるような重症の場合、それは相当に手の掛かることである。

やけどの重症度が高ければ高いほど、実は、やけどそのものに対する局所的な処置よりも、それによって体全体に引き起こされる異常事態に対処することの方が、まずもって、肝要なのだ。

人間の体、というと、脳みそはもちろんとして、誰でも、心臓、肺臓、肝臓、腎臓、消化器など、いわゆる五臓六腑《ごぞうろっぷ》と言われるような内臓や、筋肉、骨などといった普段の生活では直接目にすることのない部分を、直ぐに思い浮かべるのだが、そうした内臓や筋骨を包み込み、人体そのものを外界から峻別《しゅんべつ》している境目であり、あるいは、それ故に人体というものを成立させている根本的な存在であるはずの皮膚という構造については、実際のところ、ついつい、忘れがちになる。

そのためなのか、それとも先述したように、日常的に経験することが多いためなのか、そんな皮膚の傷であるやけどというと、大したことではないとイメージする向きが多いかも知れない。

しかし、皮膚は人間の体の中で、最大の臓器とも言われており、例えば火炎で炙られたりして深いやけどを負うと、その範囲がそれほど広いものではなくとも、そこから全身に影響を及ぼす大量の活性物質が放出され、体中に重大なダメージを引き起こすことになる。

やけど、ではなく、まさしく熱傷と呼ぶべき事態なのである。

すなわち、引き起こされたそうした異常状態に耐え、生命を保つべく血圧を維持し、必要量の尿を排出させるために、多くの場合、受傷直後から数時間の内に、何リットルにも及ぶ大量の点滴を投与しなければならないような、濃厚な集中治療が求められる。

ところが、特に患者が高齢の場合、そうしたことが引き金になって一気に心不全状態に陥ってしまったり、あるいは、気道熱傷があるわけでもないのに、人工呼吸管理を余儀なくされたりする状況になってしまうことが、しばしば見受けられる。下手をすれば、あれよあれよという間に、呼吸や循環が破綻し、強力な昇圧剤や強心剤を投与しても、気がついたら土俵を割ってしまっているなんぞということが、少なからず起こり得るのだ。

件の熱傷予後指数も、こうした経験から導き出された数式だと思われる。

つまり、熱傷患者の治療に必要なのは、ただ単に濃厚というだけではなく、繊細にしてかつ果敢な集中治療であり、医者が患者のベッドサイドに張りつくという覚悟なのだ。もちろん、救命センターの気鋭のスタッフたちである、そんなことは望むところであって、彼らにとっては、まさしく腕の見せ所と言うべきシーンであろう。

「受傷してから、まだ二十四時間が経過していないので、予断はできないですが、このまま落ち着けば、何とか、手術に持ち込むことができるのではないかと……」

担当医は、患者の背中の熱傷を撮った写真が取り込まれている電子カルテのページを、スクリーン上に映し出した。

「やっぱ、結構、広範囲だな」

「ええ、特に、右肩から腋《わき》の下、脇腹にかけてと、二の腕から肘関節にかけて、Ⅲ度の熱傷が認められます」

担当医がⅢ度だと指摘した場所は、全体が白っぽく変色しており、一部、茶色くなっている所も認められた。それ以外の部分は、深度がやや浅いとみえて、体表面の色調は赤みが勝っている。

「……と、すると、Ⅲ度の部分は、早々に手術に持ち込んで、その他の所は、保存的に、ということかい」

部長の問いかけに、現段階では、そのような段取りになるのかなと、担当医が頷いた。

熱傷、特に重症熱傷の場合、先ず、熱傷によって引き起こされた全身の異常事態に対する集中治療を行い、その後に、あるいは集中治療に並行して、熱傷そのもの、つまり熱傷面の治療が行われるのだが、その治療は、保存療法と手術療法の二つに大きく分けられる。

保存療法というのは、Ⅰ度熱傷や、浅めのⅡ度熱傷に対して施されるもので、基本的には、熱で傷つけられた表皮が、自力で再生してくるのをサポートする治療法である。

皮膚という組織が、表面から順に、表皮、真皮、皮下という三層構造をとっていることは先述したが、この表皮と真皮の境目の表皮側、つまり、表皮の最も下層の、基底層と呼ばれる場所に、いわば表皮の元とでもいうべき基底細胞が存在する。この基底細胞は、盛んに細胞分裂を繰り返しており、新しくできた細胞によって、古い細胞は上へ上へと押し上げられていき、最後は、表皮の最も外側にある角層を形成することとなる。このように、表皮は常に生まれ変わっており、新しく生まれた基底細胞が、古くなった角層から垢《あか》となって剝がれ落ちるまでのターンオーバーの期間は、およそ四週間と言われている。

こうした基底細胞に見られる旺盛な細胞分裂、すなわち表皮本来が持っている自らの再生力に期待するのが、熱傷の保存療法である。

つまり、たとえ熱による障害を受けても、基底細胞が生き残っていれば、そこから新たな表皮の再生が期待できるということになり、従って、その深度がⅠ度や、浅いⅡ度の熱傷の場合に、こうした保存療法が適応となるわけである。

実際には、基底層での細胞分裂が、十分に行われるべく湿潤な環境が保てるように、熱傷面にワセリンなどの軟膏剤《なんこうざい》を塗布するということが行われる。

一方の手術療法は、分裂可能な基底細胞がその熱傷面に存在していないような熱傷、つまり、Ⅲ度熱傷や、Ⅱ度熱傷でもより深い層に達している場合に対して行われる。

この手術療法は、二つのステップに分けられる。

一つ目は、一般にはあまり馴染《なじ》みのない用語であるが、デブリードマンあるいはデブリードメントである。

例えば、火炎で炙られたⅢ度熱傷の場合、焼けて変色した皮膚は、本来の柔軟性を失い、硬い革のような状態に陥る。この状態の皮膚は焼痂《しょうか》と呼ばれるが、血の巡りが途絶し、基底細胞も焼け死んでしまっているため、そこからの表皮の再生は全く期待ができない。

それだけではなく、正常な皮膚が持っているはずの、体内の水分を保ったり、外界からの刺激を感知したり、あるいは微生物などの侵入を防ぐバリアといった働きも全くなくなってしまっているため、焼痂の部分から体液が流れ出てしまったり、あるいは、短時間の内に焼痂に黴菌《ばいきん》が繁殖し、その毒素が全身に回る敗血症《はいけつしょう》という危機的状態に陥ってしまうことになる。

そうしたことを防ぐため、受傷後の早い時期に、この焼痂を取り除かなければならないのだが、この焼痂切除術をデブリードマンというのである。

その次に続くステップが、デブリードマンを実施した場所に、新たな皮膚を植え付けること、すなわち植皮術である。

この植皮術には、患者の健常な部分の皮膚を、一部分採取して用いる自家皮膚移植術や、死者を含む他人から提供された皮膚を用いる同種皮膚移植術、豚などの動物の皮を用いた異種皮膚移植術といったものがある。最近では、人工的に培養した患者自身の皮膚を用いる自家培養皮膚移植術などが、普及し始めている。

つまり、熱傷における手術療法とは、こんな言い方をすると如何にも人聞きが悪いが、焼けただれた皮膚を剝ぎ、その場所に、例えば、頭部などから削《そ》いだ健常な皮膚を貼り付けていくという、何とも痛々しい手技ということになる。

実際には、しかし、こうした保存療法や手術療法を適切に組み合わせて行い、可及的速やかに、健常な皮膚で熱傷面を覆ってしまうということが肝要とされている。

「……って、いうか、何だか、おまえさん、いつもの元気がないんじゃないの」

担当医の話しぶりを訝《いぶか》りながら、部長が尋ねた。

「わ、わかります？」

いやあ、先生、高齢者のやけどというと、どうにも、気が重くなっちゃって……と担当医が答えた。

実際、救命センターのスタッフにとって、重症の熱傷患者の担当になるというのは、あまり嬉しいものではない。

集中治療の必要な急性期を、無事に乗り切ったとしても、その後、人手と時間のかかる、それでいて何とも地味な軟膏処置を、毎日毎日、ベッドサイドで黙々と続けていかかなければならないのだ。

あるいは、デブリードマンにしても植皮術にしても、残念ながら、特にこれといった山場があるわけでもなく、派手な華のある手術とは、決して言えないものである。

救命センターに担ぎ込まれてくるような傷病者は、良かれ悪しかれ、短時日のうちに決着を見ることが多く、いわゆる切った張ったを好む血気盛んな医者たちにとっては、まさしく腕が鳴るというところなのだが、熱傷ばかりは、少々趣が異なっているということなのだろう。

そんな手術を、何度も何度も繰り返し、熱傷面に新しい皮膚が生着するまでに数ヶ月を要する、といった経過も、重症熱傷の場合は、決して珍しくはない。

通常、救命センターの患者は、その日の当直医に、担当が割り当てられていくが、こと熱傷の患者に関してだけは、受け持ちが公平になるように、順番が別枠で決められている、なんぞという話をよく耳にする。

あるいはまた、カンファレンスの最中に、他の医者が受け持つ熱傷患者の熱傷面積は過小評価する一方で、自らが受け持つそれは過大に喧伝《けんでん》する、といった不届きな輩がいるという話もある。

いずれにしても、不慮の労災事故や家屋の火災に巻き込まれた患者が、長い苦労の末に、社会復帰を目指して、リハビリテーション病院に、やっとのことで転院することが叶《かな》った時は、救命センターのスタッフとして、大きな充実感を得ることは言うまでもないのだが、しかし、そこに至るまでの間に、担当医がそれなりのストレスを抱えているということは、間違いないのである。

「ま、ホントのことを言えば、そうした感じが、決してないわけじゃありませんがね」

それも、そうなんですが……と、担当医は、電子カルテの画面から顔を上げた。

「トラウマ……なんですかね」

「何、トラウマって」

部長が、怪訝そうに、担当医の顔をのぞき込んだ。

「いえね、高齢者の熱傷っていうと、どうしても、あの小池《こいけ》さんを思い出しちゃって……」

「小池さん……って、誰だっけな」

「もう一年以上も前になりますか、ほら、風呂に浸かっていた、九十二歳の……」

自宅の風呂場の浴槽の中で、意識が朦朧《もうろう》として、身動きできない状態でいる舅《しゅうと》を発見したのは、近所に住んでいる長男の嫁だった。

九十二という高齢ではあったが、ＡＤＬも十分に保たれており、ここ何年も一人暮らしを続けているということであった。

発見された時、浴槽には、三〇センチほどの深さの湯が張ってあり、傷病者はその中で膝を立てた状態で横たわっていたが、その湯の温度は、発見者の手が入れられないほどの熱さだった由、救命センターの初療室に救急搬送されてきた傷病者には、両足、会陰部、臀部、背部を中心に、約二〇パーセントのⅡ度ないしⅢ度の熱傷が認められたため、重症熱傷として、緊急入院となったものである。

何時《いつ》から湯船に浸かっていたのか、何故、自分で湯船から出ることができなかったのか、どうして、そんな高温になってしまったのか等々、確かなところは、結局、本人から聴取することができなかった。

高齢者の場合、入浴中に、脳梗塞や心筋梗塞などを発症して、そのまま意識を失って湯船に沈んでしまったり、あるいは、追い炊き状態のまま湯船に長時間浸かり、いわゆる熱中症に陥ってしまったりすることが、時に見受けられる。

しかし、この傷病者の場合、そういったはっきりとした原因は見つからず、入院後には意識レベルも、普段と同様の状態に戻っていた。

「そうなんですよ、入院した当座はよかったんですが、やっぱり、熱傷が深かったためか、あっという間に、熱傷面に細菌感染が被っちゃいまして……」

「そうだった、そうだった」

そうか、あの小池の爺《じい》さんも、おまえさんの担当だったたな、と、部長が頷いた。

「その後、敗血症になっちゃって、全身状態が危なくなったものですから、デブリードマンだけじゃとても間に合わず、両脚を一気に膝下から切断することにしたんですが……」

加えて、肛門周囲のやけども深かったので、人工肛門も作らなければならなかったりして……と、担当医が声を落とした。

「結局、救命センターに二ヶ月、後方病棟に二ヶ月入っていなければなりませんでした」

ずいぶんと、痛い目やつらい目に遭わせてしまったような気がするんですよねえ、どうしても、と担当医が絞り出すように言った。

「しかし、小池さん、確か、無事に、退院していったんだよなあ」

「無事に……というか、四ヶ月間の入院で、完全に惚《ぼ》けてしまって、栄養は胃瘻《いろう》から、というまったくの寝たきり状態になってしまいましたから……小池さん、自宅にはもちろんのこと、リハビリ病院にも行けなくて、結局、療養施設に……」

今現在、果たして、生きてるのかどうか、と、担当医は下を向いた。

「最後に見た、小池さんのご家族の表情が忘れられないんですよ、こんな言い方は何ですが、決して、我々に感謝しているようには見えませんでしたから……」

いったい、自分たちは、小池さんに、善《い》いことをしたのか、悪いことをしたのか、正直なところ、わからなくなってしまいまして……と、担当医は頭を掻《か》いた。

「なるほど、それで、今回の熱傷も、小池さんと同じような結果になってしまうんではないかというわけで、おまえさん、元気がないんだな」

部長は、担当医の顔を見ながら、何度か頷いた。

「まさしく、トラウマになっちゃってますよね、高齢の熱傷患者を診る時の……」

担当医が、自嘲気味に答えた。

「おいおい、あの歳で、小池さん、よく助かったんだぜ、いや、おまえさんたちが、よく助けた、と言うべきかな」

いいかい、だって、小池さんのPBI、いったい幾つになるよ、間違いなく一一〇近くになるぜ、と、部長が担当医の顔をのぞき込んだ。

「救命率が二〇パーセントそこそこしかないと言われている状態の重症熱傷を救命できたんだから、そりゃ絶対に、おまえさんたち、誉《ほ》められることをしたんだよ」

「そ、そうなんですかねえ、だって先生、他人様《ひとさま》の人生の最晩年を、とんでもない形にしちゃったわけで……」

担当医は、一つ大きなため息をついた。

「と、すると、何かい、おまえさんは、小池さんに対して、間違った医療介入をしてしまったと考えているわけ？」

「いやあ、間違っていたというか……だけど、小池さんは、頭から灯油を被って焼身を図ったバカ野郎でもないし、酔っ払って寝タバコから失火させて受傷してしまった不心得者というわけでもないですし……」

「ん？」

「つまり、小池さんが、ああいう熱傷を負ってしまったのは、誰の所為とかではなくて、起こるべくして起きたのではないのかなと……」

「そりゃつまり、なに、あれは小池さんの運命だったと、おまえさん、そう言いたいわけ？」

「はあ、そういう一面もあるのではないかと……」

「なるほど、この患者さんの場合も、仏壇のロウソクの火が袖口に燃え移ったのは、そろそろ、こちらに来てもいい頃合いだろっていうんで、仏壇の中のご亭主が呼んだって、そういうわけだな」

　部長は、皮肉交じりに続けた。

「じゃあ、おまえさんに尋ねるが、今、目の前に、敗血症に陥ってしまった当時の小池さんが横たわっているとして、どうする、以前と同じように両脚を切断するかい、それとも、切断せずに、そのままうっちゃっておくのかい」

部長は、上目遣いで担当医を見た。

「う〜ん、難しいところですが……やっぱり、切断しちゃうのかな」

「だとしたら、おまえさんは、天が定めた運命に逆らう罰当たり野郎ってえことになるけど、それでいいのね」

部長は、担当医の顔を見つめた。

「この患者さんも、頑張るんじゃないのかい、たとえ、右腕を落とすような羽目になっちゃうかも知れないとしてもさ、だってここは、天下の救命センターなんだから」

＊

心迷える救命センターのスタッフに、明快に正解を示してくれるそんなＰＢＩばりの数式があれば、こちとらも楽なんだがなあ、そう独りごつ部長を尻目に、それでも、救命センターのモーニング・カンファレンスは続いていきます。

第五話　それは善行!?

「次の症例は、七十八歳の男性、心肺停止症例です」

「いつものCPAかい」

「というよりは、CPAの蘇生後、ですね」

「蘇生後かよ、ほんと、おまえさんたちは、よく戻してくれるよなあ、そんな年齢《とし》のCPAなのに」

半ば呆《あき》れたように、部長が答えた。

「ち、違いますよ、先生、ROSC《ロスク》してきたんですよ、この症例は……」

いわゆる「応急手当」として、例えば、目の前にいるけが人に対して、血が噴き出ている部位を手や布で圧迫して止血を図るということや、骨折をしていると思われる部分に副木を当てて動かぬように固定するといったことが行われるのであるが、CPAの状態に陥っている傷病者に対して真っ先に行うべき応急手当、それが心肺蘇生術(CPR)である。

そのＣＰＲが施されることによって、それまで止まっていた心臓が再び動き出すことを、「自己心拍再開」（ＲＯＳＣ：Return of Spontaneous Circulation）と言う。

「ふん、そうなのか、で、何時《いつ》ＲＯＳＣしたんだい」

「は、はあ、おそらくは、救命センターの初療室に担ぎ込まれる直前、ではないかと……」

言っときますけど、蘇生させたのは我々ではなく、搬送してきた救急隊なんですからね、先生、と、当直医が口を尖《とが》らせた。

「いやに突っかかるじゃないの、今日は」

「い、いいえ、そういうわけではないんですが……実は、この患者さんのことで、その後、一騒動あったりしたものですから」

「一騒動？　何のことだい、そりゃ」

「先生、頸動脈、触れます！」

救急隊のストレッチャーから救命センターの初療室の処置台に移された傷病者の頭側に立ち、その頸部に指を当てた若い医者が、一瞬、驚いたような声を上げた。

「モニターに心電図を出して！」

処置台の上で、胸骨圧迫（心臓マッサージ）を継続しようとしていた救急隊員の手を制しながら、その日のリーダーである当直医が、モニター画面を凝視した。

「おっ、戻ってる！」

当直医の声に、件の救急隊員が、額から滴り落ちる汗を拭った。

「どれ、じゃあ、向こうで話を聞こうか」

当直医は、後の処置を若い医者たちに任せ、救急隊長を別室に招き入れた。

「えーと、特定行為実施症例……だったよね」

「その通りです、薬剤投与と気管挿管を実施してきました」

「薬剤は、トータル何ミリ？」

「全部で四ミリグラムになります」

「四ミリ……か、で、その四投目は何時？」

「えーと、病院到着直前、ですね」

「ということは、搬送中は、心電図の変化がまったく見られなかったということね」

「はい、ずっとPEAのままでした」

心電図とは、ひと言で言えば、心臓の動きによって生じる電気信号を、体外から感知して、二次元のグラフ（波形）によって表示しているものであるが、ＰＥＡとは、この心電図波形のパターンの一つであり、無脈性電気活動（Pulseless Electrical Activity）の略である。

このパターンは、フラット（心静止）と呼ばれる一本線に近い心電図とは異なり、異常な波形が、規則的あるいは不規則的に現れるものであり、いわば心臓が断末魔の状態にあることを示している。もちろん、この時、頸部や手首で、動脈の拍動を触れることはない。

心停止状態とされる波形の一つであるＰＥＡは、短時間の内にフラット、つまり、電気的にも完全に心臓が止まってしまうことになるのを予期させるものではあるが、同時に、心臓の動きに異変をもたらす事態が起きてから、まだそれほど時間が経っていないということをも意味している。

それはつまり、ＰＥＡが、適切な処置を行い、それが功を奏すれば、再び心臓が動き出すことを十分に期待させる心電図パターンだということである。

ここで言う適切な処置とは、先ず、心臓に異変をもたらしたそもそもの原因を取り除くことなのだが、それはしかし、容易なことではない。

何故なら、その原因がいったい何であるのか、それが例えば、「餅が喉に詰まった」「河川で溺れた」など誰の目にも明らかなものであればよいが、脳出血や心筋梗塞など、体の中で起きた異変によるものだとすると、その場にいる人間がそれと知ることは、ほとんど不可能であり、ましてそうした状況をその場で解消できるなんぞということは、まずもってあり得ない。

とすれば、体の中で起きた異常はそのままにして、とにもかくにも止まっている心臓を何とか動かそうというのが、次のステップということになる。

実は、そのために用いられる特別な薬がある。アドレナリン（エピネフリン）である。最強の強心剤とされるアドレナリンはわずか一ミリグラムの投与で、止まっている心臓の拍動を復活させることができるほどの力があり、ＣＰＡの場合に用いられる第一選択の薬剤とされている。

救急隊の中に、救急救命士と呼ばれる国家資格を有する隊員が含まれていると、こうした劇薬を、ＣＰＡ状態の傷病者に対して投与することができるのだ。

ただし、ＣＰＡであれば、どんな傷病者に対しても、アドレナリンが投与できる、というわけではない。

この薬剤投与ができるのは、まずは、ＣＰＡになったと思われる時刻が特定され、その後、間髪を容《い》れず、短時間の内に、救急隊が接触することのできた傷病者の場合であり、こうしたケースは目撃ありのＣＰＡと呼ばれている。

また、たとえＣＰＡになった時刻がよくわからないとしても、つまり、倒れているところを発見されたというようなケース（業界用語で、発見系のCPA）であったとしても、救急隊が接触した直後に測定した心電図（これを初期波形という）が、件のPEAである場合は、アドレナリンの投与が可能である。

こうした目撃ありのCPAやPEAの場合、救急救命士は薬剤すなわちアドレナリンを投与することができるのであるが、最終的には、以上のような条件に加えて、「その傷病者に薬剤を投与せよ」という、個別具体的な医師の指示が必要となる。

東京都の場合、薬剤投与の指示を出すのは、東京消防庁の救急指令センターに詰めている救急隊指導医と称される医師である。ちなみに、こうした救急隊指導医は、都内に在る救命救急センターの医師たちが、三百六十五日二十四時間、交代でその任についている。

CPAの傷病者がいる現場に出場した救急隊は、その状況を具《つぶさ》に観察、情報を速やかに収集し、それが定められた条件を満たしていると判断されれば、救急隊指導医に対して、携帯電話などの手段を用いて、指示要請を行う。指導医からの指示を得た後は、資格を有している救急救命士が、あらかじめ決められているプロトコールと呼ばれる手順に沿って、ROSCを得るべく、薬剤投与をはじめとする医療行為（これを特定行為という）を実施するのである。

もちろん、傷病者の状況によっては、点滴ルートが確保できなくて、アドレナリンの投与自体が叶わなかったり、あるいは、一投（一ミリグラム）だけで、短時間にROSCするケースがある一方で、四投、五投しても、断末魔状態の心臓がウンともスンとも反応しない、なんぞといったことも、頻繁に経験される。

「ということは、その四投目のアドレナリンが、効いちゃったんだね、きっと」

自分たちは、指示された任務をきちんとこなし、ROSCという目的を果たすことができたぞという、そんな達成感に浸っているかのような表情を見せている救急隊長を横目に、当直医の方は、やれやれ、といった半ばあきらめの雰囲気を醸し出しながら、救急隊長から聞き取った傷病者の状況を記録するべく、電子カルテの画面を開いた。

「で、一一九番は誰から？」

「はい、通報は傷病者本人の妻ということで、現場でも、傷病者の傍におりました」

「通報の内容は？」

「はい、我々が受けた出場指令としては、『七十八歳の男性の自宅内での意識消失』ということでした」

救急隊長は、手に持つメモに目を落としながら、当直医の繰り出す問いに答えていった。

「……で、現着が」

「はい、十八時二十六分」

「接触が」

「十八時二十八分」

「そして、現発が」

「十八時五十六分、です」

「と、すると、ん？　現場活動が二十八分間か……ん？　特定行為を実施したケースだとしても、いつもより、大分長いんじゃないの」

当直医は、電子カルテの画面から、救急隊長の方に視線を向けた。

「は、はあ、現場が、一軒家の二階居室でして、搬出する際に、狭隘《きょうあい》な回り階段を下りねばならなかったりしたものですから……」

人手のかかる布担架に乗せて、搬出せざるを得なかったんです、と救急隊長が続けた。

「現場は、二階の居室か……ああ、それで、現着から接触までにも、二分ほどかかってるのか、なるほどね」

いや、しかし、それにしても、時間がかかりすぎているような気がするが……と、当直医が、首を傾げてみせた。

「は、はい、先生のおっしゃる通り、でして……実は、救急隊指導医に指示要請をかけるまでに、少しばかり、時間を食っちゃいまして……」

救急隊長が、声を落とした。
「ん?」
「はあ、傍にいた奥さんなんですが、現場で相当取り乱されていて、傷病者の病気のことに関して、詳細な情報がとれなくて……ですね」
——奥さん、奥さん、我々の声が、聞こえますか
——どうしよう、どうしよう、は、早く、病院に連れて行かなきゃ
——奥さん、いいですか、旦那さんは、今、心肺停止と言って、心臓が止まってしまっている状態なんですよ
——だから、そんなことはいいから、早く……
——聞いて下さい、ね、だから、今こうやって、心臓マッサージや、人工呼吸をしているんですよ、わかりますよね
——だ、だから、何よ?
——だから、教えて下さい、旦那さん、何かご病気があったんでしょうか、病名は?
——し、知らないわよ、そんなこと!
——何か、お薬を服んでらっしゃいましたか
——わからないって、言ってるじゃないの!

――それでは、普段のご様子はどうだったんですか？
――だ、だから、私が傍についていて、ずっと看病していたのに……
――お話は、できたんでしょうか
――何言ってんのよ、さっきまで話をしていて、急に黙っちゃったから、呼んだんでしょ、救急車を！

「その後は、『どうしよう、どうしよう、とにかく早く、病院に連れて行け』と、おっしゃるだけで……」

「なるほど、それじゃあ、接触時に、その奥さんから、ご本人の病状、というか、あるいは……見通し、みたいなものについては、何も聞けなかったって、ことね」

しかし、目撃ありのＣＰＡであることは間違いなさそうだったし、少なくとも、初期波形はＰＥＡだったので、条件を満たしていると判断し、薬剤投与の指示要請をかけたのだ、と救急隊長は続けた。

「もちろん、傷病者の状態としては、隊長さんがプレゼンテーションした通りで、薬剤投与の指示を要請する条件は、間違いなく満たしている、とは思うんだけど」

「そ、それが、何か……」

当直医の物言いに、救急隊長は、表情を曇らせた。

「だけど、ねえねえ、このケースってさあ、ほんとに蘇生術を施すべき対象なのかい？」

救急隊長は、当直医の問いかけに、一瞬、口を噤《つぐ》んだ。

「ちなみに、傷病者は、どこに、どんな格好で、倒れていたって？」

「は、はい、二階の居室のベッドの上に、寝間着姿で、横たわっておりましたが……」

「ねえ、いくらこの年齢《とし》だからと言って、夕方の六時前っていうのは、寝床に入るにしては、少し早すぎないかい」

救急隊長は、怪訝そうに当直医の顔を見つめた。

「それに、さっきの『私が傍についていて、ずっと看病していたのに……』っていう件《くだり》がさあ、なんかこう、引っかかったりするんだけど」

それってさ、この傷病者が、実は、不治の病かなんかでもって、自宅でずっと臥《ふ》せっていたとかで、まさしく、心肺停止に陥ることが予期されていた、なんていうことを示していたりするんじゃないの、と当直医は冷ややかな視線を隊長に投げた。

「だとすると、どうなの、アドレナリンなんか、打っちゃったりして、よかったのかなあ」

「し、しかし、目の前に、心肺停止の傷病者がいれば、ですね、我々の立場からすれば、何をおいても、ですね、とにかく蘇生術を……」

救急隊長は、口籠もった。

「もちろん、救急隊の立場は、よく知ってるよ」

「そ、それに、指導医からは、薬剤投与を含めて、特定行為を実施せよ、との了解も得られましたので……」

「だけど、今の話からすると、指導医の方だって、実は、傷病者の本当の病状がわからない中で、指示を出しちゃったってことに、なるんじゃないの」

当直医は、少しばかり意地の悪い視線を、救急隊長に向けた。


「おまえさん、なに、ほんとに、そんなことを言って、救急隊をいじめたのかい」

かわいそうに、救急隊長は、ＲＯＳＣさせることができたので、おまえさんたちに誉められると思ってたんだぜ、きっと、と部長は肩をすくめてみせた。

「救急隊をいじめたなんて、そんな人聞きの悪いことを、言わないで下さいよ、先生」

心肺停止状態の傷病者を蘇生させてきたって言えば、そりゃ、いつもなら、よくやったって、救急隊を誉めるところなんでしょうけど……だって、先生、この患者さん、羸《るい》痩《そう》が著明なのは、一目見りゃわかるし、それに、臀部には、立派な褥瘡《じょくそう》まで、あったんですから、それに、胃瘻までついちゃっているんですよ、と、当直医は呆れ顔で答えた。

「褥瘡？　胃瘻？　そうなのか、で、そもそも、心肺停止に陥った原因は、いったい何だったのよ」

部長は、初療後に撮られたCT画像や、血液検査の結果を横目で見ながら、当直医に尋ねた。

「さあて、何なんですかねえ」

確かに、陳旧性《ちんきゅうせい》の脳梗塞や、慢性の肺炎所見なんかが認められましたが、特にこれといったものは、ありませんでしたから、と当直医は答えた。

「それよりも、アドレナリン四投で、よくもまあ、戻してきてくれちゃったよなあって、そんな感じですよ」

当直医は、仏頂面をしてみせた。

「そうか……ところで、この患者さんの病歴は、わかったのかい」

「そこなんですよ、先生」

部長の問いかけに、待ってましたと言わんばかりに、当直医が身を乗り出した。

「後になって判明したんですが、この患者さん、数年前に脳梗塞を患っており、以来、他院での入退院を繰り返し、ここ何ヶ月かは在宅になって、もうほとんど寝たきり状態だったそうなんです、これが」

早い話、何時《いっ》何があっても、おかしくない状態だったって言うんですから……と、当直医が捲《まく》し立てた。

「そんな状態の人間が、ですよ、心肺停止状態に陥ってしまった時に、それを力ずくで蘇生させようなんていうのは、医療者が行うべき善行だと言えるんでしょうか」

「まあ、待て待て、おまえさんのさっきのプレゼンテーションによれば、現場の救急隊は、今のような傷病者の病歴を、知らなかったんだろ、実際、傍にいた妻からも聴取できなかったって、そう、言ってたじゃねえか」

「その通りですよ、その通りですが、しかし、傷病者の姿かたちを見れば、見当がつこうってもんですよ」

おいおい、そんな無茶言うなよ、と部長が眉根を寄せた。

「まあ、百歩譲って、仮にそうした想像が働いたとしても、救急隊の立場からすれば、『これは、いよいよ、お迎えが来ましたね』なんてことは、とても言えないぜ」

「誰もそんなことは言ってませんよ、そうではなくて、そんな状態であれば、薬剤投与なんぞという余計なことを、しなくてもいいんじゃないのかって、そういうことですよ、先生」

当直医は、たたみかけるように、部長の顔を見た。

「どうかなあ、だって、考えてごらんよ、一一九番というのは、いわば人命救助を求める番号なんだぜ」

「わかってますよ、そんなこと」

「そして、現場の傷病者がCPAだとわかったら、何をおいても、直ぐにCPRを始めるってえのが、救急隊に求められているスタンスっていうか、まさしく、性《さが》なんだな」

そんな救急隊の目の前に、蘇生の可能性が高いとされる心電図や状況があれば、そりゃあ一気に、「薬剤投与」「特定行為」なんぞという流れになっちゃうのが自然だと思うよ、と部長が訳知り顔で続けた。

「救急隊は、そう……なのかも知れないですが、だったら、先生、指導医の方はどうですか」

指導医って医者なんですから、いくら助けてくれって言われても、傷病者が蘇生可能な対象かどうか、正しく判断できるんじゃないんでしょうか、と当直医が不満げに続けた。

「確かに、おまえさんの言うことにも、一理あるんだが、だけど指導医だってさ、直接、その傷病者を診ているわけではなくて、電話のヘッドセット越しに、飽くまで、指示要請をかけてくる救急隊からの情報だけに頼って、判断してるんだからね、実際のところ」

俺が、その時の救急指令センターに陣取っている指導医だったとしても、耳にする情報が今回のようなものであれば、やっぱ、薬剤投与を指示しちゃうだろうな、きっと、と部長が答えた。

「そりゃそうさ、指導医だって、救急隊同様に、人命救助に携わる善い人でいたいもの」

「善い人？」

「つまり、全く知らない傷病者の背景を、下手に深読みなんかしちゃって、よかれと思って下した判断で、家族や取り巻きの人間たちから、変に恨まれたくないっていうことよ、本音のところでは」

「そ、そんなもんなんですかねえ」

当直医は、やっぱり納得いかないなあ、といった表情を見せた。

「それより、おまえさん、さっきの脳梗塞で寝たきり云々《うんぬん》の病歴、どうやってわかったの」

「あっ、そ、そうでした、それを先に言わなきゃ、いけなかった……」

「先生、先ほど入室してきた蘇生後の患者さんのご家族が、お話を聞きたいとおっしゃってるんですが……」

救命センターの病棟の入り口に設置してあるインターホンからの問いかけに応えていたナースが、当直医のいるベッドサイドにやってきた。

「あれ？　さっき、患者の奥さんだったかな、もうお話ししたんだけど……」

「いえ、別のご家族のようです」

「なんだ、他にもいらしたのね」

「それが、先生、何だか、すごく、ご立腹のようで……」

「怒ってる？　な、なんで」

「さ、さあ……」

「……わかったわかった、この処置が終わったら行くから、少し待つように伝えてくれる？」

当直医は、人工呼吸器を装着されてベッドに横たわっている患者の方に、向き直った。

――えーと、患者さんとのご関係は？

――私《わたくし》、娘です
――あは、そうでしたか、えーと、お父様のご病状につきましては、救急車で一緒に来られた奥様に……お母様に、先ほど、お話しした通りなんですが……

――なんで、父が、こんなところにいるんですか！

――は、はい？

――どうして、こんな救命センターみたいなところに、父がいるのかと、お聞きしているんです！

――救命センターみ、みたいなところって……そ、それは、ですね、お父様、ご自宅で、心肺停止という状態になられたために……

――しかも、人工呼吸器に繋がれた状態で、苦しそうな顔をしているそうじゃ、ないですか！

――い、いや、それは、ですね……

――な、何ですって？

――父は……父は、自宅で、看取《みと》るはずだったんですよ！

――やっと、これで……これで、父も楽になれるところだったのに……いったい、何てことを、してくれたんですか！

――ちょ、ちょっと、待って下さい、確か、お母様ご自身が、救急要請されたんだと、我々、伺っているんですが……

「そりゃもう、娘さん、えらい剣幕で……」

「娘って、何歳《いくつ》ぐらいなの」

「五十代前半って、ところですか」

「どうなってんだよ、そりゃあ、いったい」

部長は、目を丸くしながら、当直医に尋ねた。

「はあ、どうやら、この患者さん、もうすでに終末期の状態にあるということで、実は、在宅医療の往診医との間で、話ができていて、最後は、余計なことは何もしないで、自宅で看取る、ということになってたらしいんです」

「えっ？　そうなの、だったら、なんで、一一九番しちゃったのよ、奥さん」

「それがですね、娘さんの話ですと、この母親、少しばかり認知の問題があるようで、夫の状況がいつもと違うのを見て、パニック状態になっちゃったために、それをやっちゃいけないよと言い聞かせていた救急要請をしてしまったのではないかと……」

いつもは自宅にいるはずの時間だったが、今日は、たまたま所用で外に出ていて、帰ってきてみたら、留守の間に救急車がやってきて、救命センターに向かったようだという話を隣人から聞いたんだ、という娘からの説明を、当直医が付け加えた。

「へえ、おまえさんから見て、どうなの、だって、その母親と、最初、話をしたんだろ」

「は、はあ、確かに、少し要領を得ないところはあるのかなと、思いはしましたが」

しかし、まあ、年齢《とし》相応という感じで、とても認知症があるようには、思えなかったんですが……と、当直医は小首を傾げた。

「じゃあ、その、なんだ、終末期だとか、看取りだとか、そういった話は、母親の方からは出なかったのかい」

「ええ、そうしたことはまったく……」

「ふむ……で、その後、娘さんとは、どうなったの」

「ちょうど、その時あたりだった、ですかね、かろうじて保たれていた血圧が下がってきてしまったっていう、連絡が入ったのが……」

そのまま、その娘と、病棟入り口の直ぐ外側にある待合で待っていた母親を、傷病者のベッドサイドに連れて行ったんだと当直医が答えた。

「それから十五分ほど経ったころでしょうか、モニターの心電図がフラットになりましたので、その時点で、死亡を宣告しました」

そりゃ、アドレナリン四投でむりやり戻した心臓なんて、直ぐにへたりますよ、と当直医が、少しばかり投げやりな様子で続けた。

「CPRは?」

「もちろん、アドレナリンの投与も、心臓マッサージも、何もやりませんでした」

「そうか、で、二人は、その時、どんな顔をしてたよ」

「ええ、娘さんの方は、納得できないといった表情で無言のままでしたが、母親の方が、『何とかして』『お願いします』と、やっぱり大きな声を出していて……最後は、娘さんが、それを制してくれたんですが……」

「そうかそうか、そりゃ大変だったな」

最初に、一騒動あったって言ってたのは、このことだったんだな、と部長は独りごちた。

部長の労いの言葉に、で、その後、幸い、在宅の往診医に連絡がつきまして、事情を話したところ、往診医の方で死亡診断書を作成してくれるということになり、遺体を自宅に運び込む手はずを整えました、と当直医が続けた。

「実は、その時、往診医から少し話を伺ったのですが、ご本人の病歴は、確かに娘さんの言う通りでした」

「そうか」

「それから、自宅で看取るということについては、まだ、ご本人の意識がはっきりしていた時に、承諾が取れているそうです、ただ……」

「え?」

「ただ、娘さんはそのことを承知していたとのことですが、奥さんの方は、納得はしていなかったようだと……」

ふうん、そうなんだ、と頷きながら、部長が続けた。

「で、なに、奥さんは、娘さんが言うような認知の問題があったのかい」

「それが……往診医の話では、そんなことはないはずなんだけど、ということでした」

へっ、そりゃ、きっと、この母娘の間には、何か渦巻いているものがあるね、と言いながら、部長が続けた。

「な、在宅診療で、長くつきあっているような医者にすら、そうと知れない背景っていうものが、やっぱ、あんだよ、だからさ、そんな人たちと、一見《いちげん》でつきあわなきゃいけないような、俺たちや救急隊にとっては、何が善行かなんて、そう簡単にわかるものではないと、思うよ」

さて、長くなっちゃったな、どれ、次の患者さんのプレゼンテーションに、行こうか……

＊

吹っ切れない若い医者たちの戸惑いを置き去りにして、それでも、救命センターのモーニング・カンファレンスは、続いていきます。

第六話　それは寿命!?

「OK、順調だね、それじゃあ、次の患者さんは……隣の3号室、岡本《おかもと》さん、かな」

「は、はい、えーと、昨日、呼吸状態が悪化して、ですね、そのお……再挿管になりました」

「何だって？」

電子カルテの画面をスクロールするべく、机上のマウスを動かしていた部長が、その手を止めた。

定例の、救命センターのモーニング・カンファレンスである。

前日の新入患者のプレゼンテーションに加えて、救命センターの集中治療室に入院中で、現在、治療を継続中の患者の、昨日の経過が報告される。

「岡本さんって、一昨日、抜管できて、上向きになってきたって、確か、そういう話じゃあ、なかったっけな」

部長は、再びマウスを動かしながら、電子カルテの画面に目を凝らした。

「はあ、昨日の午前中までは、何とか酸素マスクを宛がうことで凌げていたんですが、午後になって、酸素流量を増やしても、やっぱり、酸素化が保てなくて、ですね、それに、腎機能の方も低下してしまって……」

担当医は、再び気管挿管を行って呼吸器を装着、人工呼吸管理を再開したことに加えて、CHDFも開始することにしたんだと、部長の視線を避けるようにしながら、消え入りそうな声で答えた。

「な、だから言ったろ、岡本さん、きっと、グダグダになるよって……」

さあて、そうすると、やっぱ、これからが長いな、と、部長が、一つため息をついた。

「何日《いつ》、入院したんだっけな、岡本さんは」

「あれは、先週の木曜日だったですから……ちょうど、一週間前になりますね」

「次の症例は、五十四歳の男性、意識障害での搬送です」

「おっ、若いね」

「わ、若い？　ですか、先生」

若いだろうさ、だって、ここに担ぎ込まれてくるような内因性の傷病者の場合、ほとんどが七十超え、八十超えなんだから、それに比べりゃあ、五十代なんて……と言いながら、部長は、電子カルテの画像検査のページを開いた。

「この歳で、意識障害となると、大方のところ、くも膜下出血とか、脳幹部出血とかの脳血管障害によるものと、相場が決まってるんだが、頭は……大丈夫かあ、と、すると」

そう独りごちながら、CT検査の画面を繰っていた部長を尻目に、当直医がプレゼンテーションを始めた。

「傷病者は、自宅アパートの居室で倒れているところを、たまたま訪ねてきた知人によって発見されており、呼びかけても返事がなかったということで、その知人が救急要請をかけたものです」

収容時のバイタルは、意識レベルがⅢ—100、心拍数は一二〇、呼吸数は四〇、血圧は八〇の六〇、サチュレーション（経皮的動脈血酸素飽和度）八五パーセント、瞳孔径は左右とも五ミリメートルで、対光反射はありませんでした、と当直医が続けた。

「その後の画像検査で、左の気胸が認められ、所見から、おそらく緊張性気胸によるものと判断し、直ぐに、胸腔《きょうくう》ドレナージを実施しました」

気胸という言葉は、日常的には、あまり耳にしないものかも知れない。

しかし、何か特別なきっかけもなく、突然の胸の痛みや息苦しさに見舞われたなんぞということを主訴として、十代、二十代を中心とした若者が救急外来などに駆け込んできた場合、特にそれが痩せ型の男性であったりすると、患者を診察する側としては、真っ先にと言っていいほどに、この気胸を頭に思い描いているはずである。

さて、この気胸という病態は、よく、肺に穴が開いて中の空気が漏れてしまっている状態と言われるのだが、それをイメージすることは、しかし、実は、それほど容易なことではないと思われる。

その理由は、そもそも、肺に穴が開いているなんぞと言われても、外から、つまり、体表からそうした肺はもちろんのこと、肺に開いている穴を直接見ることができないからだ。

同様の言い回しに、胃に穴が開いたというものがある。胃潰瘍の穿孔《せんこう》による汎発性《はんぱつせい》腹膜炎を発症している時などに使われる表現であるが、この場合も、やっぱり、胃そのものや、胃に開いている穴を、体表面から直接見ることができるわけではない。

こうした表現を正しく理解するためには、腔《くう》というものを知っておく必要がある。

腔とは、ひと言で言えば、体の中に存在する閉鎖空間である。ただし、空間とは言っても、イメージとしては、口を閉じられているビニール袋の中を思い浮かべていただければよい。

人間の体の中の代表的な腔として、胸腔、腹腔《ふっくう》、心嚢《しんのう》と呼ばれる三つがあるが、これらの腔は、それぞれ、胸膜《きょうまく》、腹膜《ふくまく》、心膜《しんまく》と呼ばれる薄い膜で覆われていることから、胸膜腔、腹膜腔、心膜腔とも称されている。

通常、この膜で覆われている空間の中には、少しばかりの粘液しか存在せず、また、正常の場合、ちょうど新品のビニール袋がそうであるように、膜同士がピッタリと張り付いてしまっているのである。

実は、肺(肺臓)や胃袋といったいわゆる内臓は、筋肉や皮膚などから成っている体壁(胸壁や腹壁)の内側と、直接に接しているわけではなく、それらとの間に、この口の閉じられたビニール袋、すなわち腔が介在しているのだ。

もちろん、そうした構造を、体表から窺《うかが》い知ることはできない。

この肺臓の側に密着しているビニール袋の面を臓側《ぞうそく》胸膜と言い、胸壁側のそれを壁側《へきそく》胸膜と呼んでいる。このように名称は違っているのだが、今、説明をした通り、この臓側胸膜と壁側胸膜は、連続した一枚の膜なのである。

先ほどの、肺に穴が開いて空気が漏れているとは、風船のごとき構造をしている肺に穴が開き、その際、肺の表面に密着している臓側胸膜も同時に破れてしまい、結果、風船の中にあった空気が、このビニール袋の中に流れ込んできていることを意味している。

この状態、すなわち、正常なら少量の粘液しか存在しないはずの、胸膜腔というビニール袋の中に、空気という余計な気体が入りこんできたことによって、そのビニール袋が、大きく膨らんでしまった状態、それが気胸と呼ばれる状態である。

ちなみに、肺に穴の開く原因によって、気胸は幾つかの種類に分けられる。

まず、自然気胸である。これは、正常な肺の組織とは異なる、構造的に脆弱《ぜいじゃく》なブラ(嚢胞《のうほう》)という小さな泡《あぶく》のようなものが肺の表面に出現し、この部分が、何の誘因もなく破裂、そこから肺の中の空気が漏れ出てしまうことによって生じる気胸である。

先ほど例としてあげた、若い男性によく見られるタイプの気胸である。

また、肺癌《はいがん》や、肺気腫といった肺の疾患により、肺の組織が破壊されることによって生じるものは、続発性自然気胸と呼ばれる。

その他、交通事故で肋骨が折れ、それが肺を傷つけてしまった場合や、加害行為によって、包丁で胸を刺されたような場合に生じるのが、外傷性気胸である。

さて、こうした気胸の状態になると、正常に機能するべき肺がその分だけ押し潰され、大気から取り込める酸素の量も減少してしまい、結果として、傷病者は息苦しいと訴えることになる。

もちろん、こうした状態を、外から直接見ることはできないが、レントゲン検査を行えば、気胸の有無や程度を、明瞭に判断することができるのである。

また、漏れ出た空気の量がさらに多くなり、胸膜腔内の圧力が高まると、肺だけではなく、心臓や心臓に出入りする大血管までも、押し潰されてしまうことがあり、その結果、心臓へ戻ってくる血液の量が減少、血圧が低下し、最悪、心停止をきたしてしまうことがある。

こうした緊張性気胸と称されるような状態に陥っている場合、胸膜腔内に溜《た》まっている空気を、何らかの方法で早急に体外に排出してやらなければならない。

臨床的によく行われるのは、前胸部や腋の下辺りの皮膚に小切開を置いて、ドレーンと呼ばれる排気用の細い管を、肋間（上下の肋骨の間隙）から、胸壁を貫くようにして胸膜腔内に挿入し留置する、胸腔ドレナージと呼ばれる手技である。

「左の胸腔ドレナージを実施したところ、ドレーンから大量の排気があって、それとともに、血圧が一二〇まで上昇、心拍数も九〇にまで低下し、さらに、サチュレーションも九五パーセントまで改善しました」

「そりゃ、よかった、で、それでよくなったのかい、意識の方は」

胸腔ドレーンが挿入され、緊張性気胸の状態が解除した後のレントゲン写真を確認しながら、部長が尋ねた。

「は、はあ、バイタルサインの方は、それで安定してくれたんですが、残念ながら、意識レベルについては、あまり変化がなくて……」

意識の推移を見るということで、その後、気管挿管による気道確保を行った上で、患者を、初療室から救命センターの集中治療室に移動させたと、当直医が答えた。

「ということは、このケース、自然気胸の状態で放置されていて、サチュレーションが低いままに長時間が経過し、それで、意識レベルが落ちてしまって、倒れていたところを発見されたという、そういうストーリーなのかい」

だけど、そもそも、何時《いつ》から倒れていたのかも不明なんだし、なんで気胸になったかも、わからないんだろ、と、部長は、視線を電子カルテのモニターから当直医に向けた。

「ええ、付いてきた知人の話では、それほど親しいわけではないということで、詳細は不明なんですが、ご本人は、一人暮らしで、ただ、相当な大酒家であると……」

実は、その知人というのも、酒臭い息で、半ば呂律《ろれつ》が回っていませんでしたから……と、当直医は、如何にもうんざりといった表情を見せた。

「家族や既往については？」

「はい、そんな状態の知人でしたから、患者の家族関係のことや、まして既往歴についてなんかは、何も知らない、ということでした」

ただ、常々、医者や病院が嫌いで、医療機関なんぞには行ったことがないと嘯いていた、と当直医は、知人から聞き出した話を続けた。

「やれやれ、だとすると、既往がないのではなく、調べてないだけで、逆に、何でもありってことね」

そんなことなら、救急車なんぞ呼ばず、そのまま、うっちゃっといてくれりゃあ、よかったのに、こんな時、酔っ払いっていうのは、ホント、律儀なんだよなあ、と、部長が呆れ顔をしてみせた。

「それから、しばらく経過を見ていて、日付けが変わるころだった、ですかね、胸腔ドレーンから、妙なものが、出てきまして……」

部長の繰り言には反応せず、当直医が続けた。

「おいおい、何だよ、妙なものって、まさか、血液じゃねえだろうな?」

気胸の場合、胸膜腔に溜まってくるのは、気体の空気であることがほとんどであるが、病態によっては、空気とともに血液が貯留することがある。

例えば、先ほど述べたような、胸壁や肋骨、あるいは肺の損傷を伴うような外傷の場合、空気とともに傷ついた組織から流出してきた血液が貯留することがよく見られる。

こうした外傷性血気胸と呼ばれるような場合、胸腔ドレーンからは、空気に加えて、液状のものから半ば凝固しているものまでの、様々な様態の血液が流れ出してくるのだ。

また、希《まれ》なことではあるが、自然気胸の患者に対して、肋間から胸腔ドレーンを挿入する際に、誤って肋骨に沿って走っている血管を傷つけてしまうことがある。

その場合、当初は空気だけがドレーンから排出されていたのに、胸膜腔内に一定量の血液が貯留すると、ドレーンから血液が流出してくることになる。

「はあ、血液ではなくて、何か、黄色っぽいものが出てきたんです」

「なんだよ、そりゃ、膿《うみ》か」

ひょっとして、何かい、肺炎が重症化して、肺膿瘍《はいのうよう》になってしまって、それが破れて気胸になって、おまけに膿まで流れ出してきたって、そういうこと？　と、部長は怪訝な顔をしてみせた。

「それが、ですね、実は、まったく予想だにしていなかったことなんですが……」

そう言いながら、当直医は、一枚のレントゲン写真を、スクリーンに投影した。

「ありゃあ、食道破裂かよ」

部長は、ため息をつきながら、スクリーンに映し出されたレントゲン写真に見入った。


食道とは、文字通り、食物の通り道、すなわち口の中、咽頭と胃袋の間にある筋肉でできた筒状の臓器であり、喩《たと》えるなら、口から胃袋に至る水道管のようなものである。

正常であれば、その水道管の中を流れる水、つまり口の中で細かく砕かれた食物と唾液は、食道自体の蠕動《ぜんどう》運動によって、スムーズに胃袋の方に送り込まれていく。

一方で、例えば、炭酸飲料やビールなどを飲んで、胃袋にガスが溜まると、反射的に胃袋が収縮し、いわゆるゲップとして、噴門《ふんもん》すなわち胃と食道とのつなぎ目を逆行して口から放出されるのだが、食道内に押し出されてくるものがガスではなく、半固形の胃内容物だとすると、それは、いわゆる嘔吐《おうと》すなわち反吐《へど》を吐くということになる。

こうした嘔吐の際は、噴門だけではなく、噴門直上の下部食道にも、同時に強い力が加わることとなり、場合によっては、筋肉でできている食道の壁が、縦方向に裂けてしまうことがある。

通常、食道に何らかの理由で、例えば魚骨が刺さったことで穴が開いてしまったような時は、食道穿孔という言い方をするのだが、今述べたように、食道の壁の全層が、長さ数センチにわたって裂けてしまったような場合には、これを食道破裂と呼んでいる。

早い話、食道破裂とは、水道管に大穴が開いて、そこから水がダダ漏れになっているという状態なのである。

「しかし、接触時の意識レベルがⅢ桁の患者で、よくぞ食道造影をやったよね、エライ、エライ」

こんな状況で担ぎ込まれてきたのに、食道破裂を鑑別に挙げるなんざ、大したもんだ、と部長が、何時になく当直医を持ち上げた。

多くの場合、食道破裂は嘔吐後に起こり、直後に生じる胸や鳩尾《みぞおち》辺りの激痛が、一般的な症状とされる。

実際、突然の胸痛や腹痛をきたす病態は数多く存在するが、直前に激しい嘔吐があったという状況を聞き出すことができれば、比較的容易に正しい診断を得ることができる。

逆に、症状が嘔吐だけで、例えば、傷病者が酩酊《めいてい》状態にあって、痛みや呼吸苦などの訴えが明確に得られないなんぞということになれば、食道破裂という病態を思い浮かべることはなかなかに難しいことと言える。

夜の街から、急性アルコール中毒による意識障害、との触れ込みで担ぎ込まれてきた傷病者が、救急外来の診察室の中で、所かまわずゲロを吐きまくっていたりすると、単なる質《たち》の悪い酔っ払いとして放っておかれ、その結果、食道破裂が見逃され命取りになってしまったというような話を、我々の業界では、時に耳にすることがある。

また、穴が開くことに関して、その重症度・緊急度について言えば、同じ消化管ではあっても、胃袋や十二指腸の場合とは、それこそ雲泥の差がある。

その一番の理由は、食道が縦隔《じゅうかく》と呼ばれる場所を通っていることにある。

縦隔とは、簡単に言えば、胸骨と背骨と両側の肺に囲まれた、上半身の一番奥深いところを上下に延びる狭い空間のことであるが、そこには、心臓をはじめとして、大動脈、気管、迷走神経など、生命を維持する上で重要な諸臓器が密集しており、その中を食道が上下に貫いている。

そのため、食道が破裂すると、縦隔の中が消化管の内容物で一気に汚染され、その対応に手間取れば、生命の危機に瀕する急性の縦隔炎という病態を容易に引き起こしてしまうのだ。

さらに、この食道の穴は、自然気胸の時の肺のそれと同様に、体の外から見ることはできない。

手間暇のかかることに、その存在を確認するためには、食道の造影検査を行わなければならないのだ。

造影検査とは、造影剤というX線を透過させない特殊な物質を使って、体表からは見えないはずの消化管や血管などの状態を画像として映し出すもので、万一、食道や胃袋に穴が開いていると、そこから造影剤が漏れ出てしまい、正常ではあり得ない画像が映し出されることとなり、その穴の存在を知ることができるというわけである。

言い換えると、食道造影検査を行い、造影剤の食道外への漏出が確認されて、初めて、食道破裂という診断が確定されることになるのだ。

今回のケースは、意識障害に陥っていて、まさに本人の訴えもわからず、また、家の中で一人倒れたままになっていた事情も全くもってわからない。そういった状況の下で、食道破裂なんぞということの可能性に思いを致すのは、まさしく至難の業であり、そんな中で食道造影を敢行したのは、確かに英断だったと言うべきであろう。

「いやあ、先生、そんな鋭い洞察があったわけではなくて、ですね、単に、胸腔ドレーンから、黄色っぽいものが流出してきてしまって、おいおい、いったい、研修医はどこにドレーンを突っ込んでくれたんだよって、実は、少しばかり、頭に血が上ってしまっただけで……」

本当のところ、食道破裂なんてことは、まさかないだろうなと、半ば、高《たか》を括《くく》ったような気持ちで食道造影を実施したわけでして……と、当直医が頭を掻きながら続けた。

「まあ、かまわないさ、だって、食道破裂の診療で重要なことは、まず、その存在を疑ってかかることなんだから」

食道破裂の患者の救命のためには、発症後、早期に診断をつけることが、絶対的に必要なこととされていると、部長が頷いた。

「それで、急遽《きゅうきょ》、緊急手術ということになりました」

「アプローチは左開胸？」

「ええ、開胸したところ、胸腔内には、胃の内容物と思われる異物が大量にありましたし、何より、大穴でしたね、食道の下部に認められた破裂部は……」

よほど激しい嘔吐だったと見え、破裂の影響は、食道周囲の縦隔組織だけではなく、隣接する左の壁側胸膜までも突き破るほどに及んでおり、その結果として、胃内の大量のガスが左胸腔内に押し出され、緊張性気胸を呈していたものと考えられると、当直医は手術の際の所見を、細かく説明してみせた。

「術式としては、破裂部の縫合と、左胸腔内の洗浄・ドレナージということになります」

「そうかそうか、そりゃ、大変だったな、ご苦労さん」

部長の労いに、当直医は、少しばかり口元を緩ませた。

「で、今現在の状態は?」

「はあ、実は、術後も意識障害が続いており、まだ、人工呼吸管理を続けています」

「ふうん、そうなのか……だとすると、この先、グダグダになっちゃうかも知れないなあ、この患者さん」


「入院後しばらくは、順調に立ち上がってきてるのかなと見ていたんですが、やっぱり呼吸の方がもたなくて……」

合併した肺炎が、なかなか改善せず、一時は、人工呼吸器から離脱したんですが、これが維持できなくて、また、挿管管理になっちゃいました、と担当医は下を向いた。

「無理ないさ、あれだけの大穴が開いて、左肺が汚染されちまっていたんだからなあ」

で、人工呼吸器が外れていた間に、患者本人と話ができたのかい、と部長が尋ねた。

「いえ、それが意識の方も、まだ十分ではなくて……」

ということは、家族や係累の存在も含めて、生活歴も既往歴も、今回のきっかけあたりのことも、やっぱり、何にもわからないままってことか、と部長が独りごちた。

「それに、呼吸に加えて、腎機能の方も落ちてきてしまったようで……」

「それで、昨日から、ＣＨＤＦも始めたってわけね」


ＣＨＤＦとは、Continuous Hemodiafiltration の略で、日本語では、持続緩徐式《かんじょしき》血液濾過透析《ろかとうせき》と呼ばれる処置であり、人工透析の一種である。

透析というと、例えば、月、水、金の週三日間、クリニックなどで四、五時間にわたって、機械に繋がれているというイメージがあるのだが、そうしたものは維持透析と呼ばれており、通常は、腎臓の機能が廃絶してはいるが、全身状態が安定している慢性の腎不全患者に対して行われている。

他方、ＣＨＤＦのような類は、全身状態の不安定な、心不全や呼吸不全、敗血症などといった重篤な状態に合併して腎機能障害が生じた場合に、一時的にその機能を代替するものであり、一般には、四六時中、装置を作動し続けなければならない処置である。

人工呼吸器といい、このＣＨＤＦの装置といい、こうした物々しい機器類が、ベッドサイドに所狭しと並べられ、何本もの管で患者と繋がれているという光景は、集中治療室や救命救急センターならでは、ということなのだが、いやが上にも、患者の重篤感が増してくる絵柄である。

「ところで、先生が、先週のカンファレンスの時に、入院したばかりのこの患者さんが、グダグダになるよっておっしゃったのは、どういう意味だったんですか」

担当医は、一時よくなりかけたのに、状態が再び悪くなってしまうだろうということを予想して、そう言ったのかと、部長に尋ねた。

「まあ、そういうことも含めて、岡本さんが、この先、トントーンとよくなっていくとは、決して思えないなっていうことだよ」

だって、その身に何が起きたのか、まったく訳もわからずに、ほとんど虫の息と言ってもいいような状態で、担ぎ込まれてきたんだぜ、しかも、近しい人間が、赤の他人の飲み仲間だけで、おまけに、得られた情報が、病院嫌いの大酒飲みということだけ、とくりゃあ……と、部長が続けた。

「はあ、この辺りでは、ありがちな話であるってことは、私も十分承知しておりますが……」

この下町の救命センターに配属されて、まだ半年足らずの若い担当医が答えた。

「だろ？　だとすれば、酒が原因で、肝硬変になるぐらいまでに肝臓が痛めつけられていることは間違いなかろうし、それが、高々、自然気胸を起こしたというぐらいなら、まだ可愛《かわい》いが、蓋を開けてみれば、早期診断、早期治療が何よりも求められるべき食道破裂だったというわけだ、俺に言わせりゃ、その段階で、ついに寿命が尽きたと言ったって構わないような、そんな気がしたもんだから、さ」

　こんな下町の救命センターで、似たような傷病者を何人も見てくりゃ、薄情な物言いだが、それぐらいの了見は持とうというもんだぜ、実際、未《いま》だに昏迷状態が続いちゃってるんだろ、と部長は担当医に迫った。

「だけど先生、寿命なんて、そもそも終わってみなきゃわかりませんし、それに、岡本さん、まだ、五十代半ば、なんですから」

「そうなんだ、だから、グダグダになっちゃうって、言ったんだよ」

　部長は、気を取り直すように、話を続けた。

「ここは、天下の救命センターなんだもの、おまえさんたちが、やれ人工呼吸器だの、やれCHDFだの、やれ何だのっていった手練手管を駆使できることは、よく知ってるさ、だけど、そんなものは、はっきり言って、時間稼ぎだろ」

「時間稼ぎ……ですか？」

　担当医は、訝るような目で、部長を見つめた。

「そうさ、緊急手術も含めて、人工呼吸や、ＣＨＤＦなんぞといった集中治療というのは、早い話が、瀕死の患者を、いわば崖っぷちで踏みとどまらせているだけなわけで、そこから引き返せるかどうかは、ぶっちゃけ、本人次第だと思うんだよな」

部長の言葉に、一瞬、間をおいた担当医が続けた。

「確かに、先生のおっしゃることにも、一理あるとは思いますが、しかし、岡本さんに、全く可能性がない、というわけじゃあ、ありませんし……」

「そこなんだよ、その、可能性への挑戦っていうことが、きっと、心地いいんだろうな、おまえさんたちには」

しかし、もしそれが、寿命なんだとしたら、それを覆そうとか、それに抗《あらが》おうなんてえのは、見方によっては、ただの悪足掻《わるあが》き、医者の単なる自己満足ということにしかならないんじゃないか……グダグダになるっていうのは、そういうことを言いたかったんだよ、俺は、と部長は、半ば独りごつように呟いた。

「はあ？」

いったい、何を訳のわからないことを、この部長はほざいているんだという表情で、若い担当医は口を噤んだ。

「いやいや、おまえさんたちのモチベーションがというか、救命センターという看板の所為で、心が折れてないっていうんだったら、別にそれでいいんだよ、俺は」

なあに、年寄りの毎度毎度の繰り言だ、気にするな……

＊

　さてさて、部長の心を置き去りにして、そして、それから二週間後には岡本さんがはかなくなってしまうという来《きた》るべき未来を知るはずもなく、それでも、モーニング・カンファレンスは続いていきます。

第七話　それは差別!?

「それでは、定刻《じかん》になりましたので、朝の申し送りを始めます、昨日の当直は、私と……」

毎朝《いつも》の、救命センターのモーニング・カンファレンスである。

当直明けの医者たちによって、前日の朝からこれまでの間に救命センターに収容された、新入患者のプレゼンテーションが行われる。

「えーと、昨日は、東京消防庁からの収容要請が八件で、そのうち、収容できたのが六件、残り二件が収容不可、ということでした」

なお、軽症につき、六件のうち一件を、当院のERに回しております、と当直医が付け加えた。

東京は下町の、墨田区の錦糸町にあるこの救命救急センターは、大半の患者を、東京消防庁の救急指令センターからの収容要請によって受け入れている。

救急患者のうち、重症・重篤な、いわゆる三次救急患者を中心に収容しており、多発外傷、急性中毒、熱傷をはじめとする外因性の疾患から、脳卒中やくも膜下出血、急性心筋梗塞、大動脈破裂、重症感染症や原因不明のショックに至る種々の内因性疾患まで、カバーする範囲は非常に広い。

最近では、おおよそ、年間に二七〇〇件ほどの収容要請があり、そのうちの二二〇〇件ほど（一日平均六〜七人）を収容している。

従って、我が救命救急センターの収容率（応需率《おうじゅりつ》と言う）は、約八〇パーセントということになるのだが、実は、この応需率なるものが、救急医療機関としての救命救急センターの質の評価に大いに関係しており、つまり、地域の救急医療にとって、どれほど役に立っているのかを客観的に示す指標の一つとされているのだ。

ウチは応需率は一〇〇パーセントだ、絶対に断らない、なんぞと豪語しているような、どこぞの救命救急センターと正面切って張りあうつもりなど毛頭ないが、しかし、収容件数で言えば東京都内で三本の指に入るほどにこちらの方が上回っており、いささか子供じみてはいると承知しているのだが、それは下町の救命センター長としての密《ひそ》やかな自慢ではある。

「で、その収容不可だった二件の内訳は？」

「はい、一件は、『他患者取扱中につき』ということで、お断りしました」

部長の問いかけに、東京消防庁からの要請電話の内容を記録しているノートを繰りながら、当直医が答えた。

「他患者って？」

「はあ、後でプレゼンしますが、交通事故による高エネルギー外傷の患者さんです」

収容要請の電話がかかってきたのが、ちょうど、初療室でその多発外傷の患者さんの処置に当たっている時、まさに、ダメージ・コントロール手術をやってる最中だったので、さすがに、それには応えられなくて、ですね……と、当直医が続けた。

――今度は、何だよ
――先生、現在《いま》、交通事故の傷病者を、そちらに搬送したばかりのところで申し訳ないんですが、先生の病院の近くに、六十代の、意識障害の男性がいるのですが、お願いできま……

――悪いな、今、とても無理、対応できない、別、当たって！

――そ、そうなんですか……了解しました
そっかあ、まあ、そんな傷病者なら、ウチでなくとも、無事に、きっとどこかが収容したはずだよな、と独りごちながら部長が頷いた。

当然のことではあるが、救命救急センターが、要請された傷病者すべてを受け入れることは至難である。

重症・重篤な傷病者は、本来、その「突発・不測」のケガや疾病が発生した現場の、直近の救命救急センターに救急搬送されることがベストではあるのだが、救命救急センターのスタッフや、入院ベッド、手術室などといったリソースに限りがある以上、傷病者の発生状況によっては、それが叶わないことも、しばしば起こり得る。

そうした状態に陥らないよう、四苦八苦しながらやりくり算段するのが、救命救急センターの管理者たる者の、最大のお役目だと言ってもいい。

もっとも、重症・重篤な救急患者と言えば、一分一秒を争うのが常だが、傷病者の状態によっては、時間の猶予が認められる場合もあり、実際、発生してから数十分程度のタイムロスであれば、許容されることも少なくない。

この時間的な余裕は、東京の場合、隣の救命救急センターまで、陸路すなわち救急車で緊急走行していけば、十分にお釣りのくることが期待できるほどのものである。

ちなみに、東京消防庁の救急指令センターにあるモニター画面には、都内で活動しているすべての救急車の、GPSによる精密な位置情報が映し出されており、指令官は、そのモニター画面を睨《にら》みながら、最適な搬送先医療機関を選定しているのだ。

墨田区、江東区《こうとう》、江戸川区《えどがわ》、葛飾区《かつしか》といった東京都区部の東側の三次救急医療を担うこの下町の救命救急センターを例に取れば、傷病者の発生現場から西に向かって走り、隅田川《すみだがわ》に架かる橋を渡れば、救急車は、大学病院などの救命救急センターがひしめいている都心部に出られることになる。

実際、東京都内では、実に二十六ヶ所もの救命救急センターが稼働しており、その救急需要に対して、量的なことだけを言うなら、確かに、十分に賄えていると言えるだろう。

しかし、その一方で、発生からまさしくその一分一秒を疎《おろそ》かにできない病態がある。

その典型例が、交通事故や労災事故などによってもたらされた突発・不測の外傷、特に高エネルギー外傷と呼ばれるケースである。

それは、一刻でも早く出血を止め、損傷した臓器を急ぎ修復しなければ、あれよあれよという間に、生命《いのち》を持っていかれてしまうような重症外傷であり、時を置かずに、救命救急センターに担ぎ込まれなければならないのだ。

業界で言うところの、ロード&ゴー（Load and Go）という類である。

「そうなんですよ、この交通事故の傷病者は、七十二歳の女性で、幹線道路の交差点を横断中、左折の大型トラックに巻き込まれて受傷、搬送されてきています」

病着したのは、午後七時過ぎ、昏睡状態で、血圧が六〇を切っており、一見して右の多発肋骨骨折、右緊張性血気胸、腹腔内出血、骨盤骨折の存在が判り、右大腿部《だいたいぶ》も変形、直ぐに、気管挿管や、右胸腔ドレナージを行い、大量輸血、大量輸液を始めたものの、とても手術室には辿《たど》り着けないと判断し、初療室の処置台の上で、そのまま、緊急開胸および緊急開腹を実施、大動脈を遮断するとともに、破裂していた脾臓《ひぞう》を摘出、その後、腹腔内に大量のガーゼを詰め込み止血を行うガーゼパッキングを実施、さらには、ぐらついている骨盤に対して、何本もの太いピンを打ち込んで応急固定するという、一連のダメージ・コントロール手術を施行、その後、さらに、肝臓や右腎臓の損傷部位からの出血に対して、IVR（Interventional Radiology）すなわち血管内塞栓《そくせん》術《じゅつ》による止血を行い、その間、約六〇〇〇ミリリットルの大量輸血を実施、ようやく血圧が九〇を超え、その段階で、何とか、集中治療室に移動することができたのだ、と当直医が捲し立てた。

「そうかそうか、そりゃ大変だったね」

いやしかし、ラッキーだったよな、この女性と、意識障害の男性との収容要請の順序が、もしも、逆だったら……と、部長が口を開いた。

「もちろん、そんなことだったら、二人とも、どんな無理をしても、絶対に収容してましたよ」

部長の言葉を遮りながら、当直医は顔を上げた。

「一応、女性が集中治療室に入った後で、救急指令センターの方には連絡を入れておきました」

当直医は、件の傷病者は、都心部にある隣の救命救急センターが直ぐに引き受けてくれて、病着までの時間が、通常より、若干長くはなったが、状態に変化はなく、無事に辿り着いているということでした、と続けた。

「うん、そりゃ、よかった」

そのお断りは、問題なし、むしろいい判断だった、と部長は当直医を労った。

先に応需率の話をしたが、実際に問題になるのは、その値が一〇〇パーセントに届いていないこと、ではなく、いったい何がその成就を妨げているのか、ということを、個々のケースで探り、そして、それを排除すべく具体的な解決策を模索しているのかどうか、ということなのである。

収容不可となったケースの検討を等閑《なおざり》にし、あるいは、応需率を上げることだけに血道を上げて、結句、無理をせず他の医療機関に委ねていれば助かったはずの生命を、みすみす落としてしまうようなことになっているのだとすれば、それこそ、本末転倒の話と言わざるを得ない。

救命救急センターの質の評価に当たっては、こうした応需率改善への意欲的な取り組みこそが、高く評価されているのである。

「で、もう一つの、収容不可っていうのは？」

「そ、それなんですよ、先生、実は、そっちの方が、いささか問題でして……」

当直医は、渋い顔をしながら、電子カルテの画面に視線を移した。

――東京消防庁です、都立墨東病院救命救急センターさんで、よろしかったでしょうか

――はい

――収容のお願いです

――はいはい、何の患者さん？

――傷病者は、八十五歳の男性、本日零時過ぎに、家人が呼吸をしていないことに気づき、救急要請したもの、現在、意識レベル３００、呼吸感ぜず、脈触れず、心電図にあっては、フラット……

――ＣＰＡね

――その通り、現在、救急隊がＣＰＲ実施中、なお、最終確認にあっては、昨夜午後八時前後、とのことです

——発見系ってこと、か

——収容いかがでしょうか、先生

——既往歴、ADLは？

——えーと、高血圧、糖尿病、脳梗塞などの病歴があり、現在、要介護3とのことです

——えっ、何、それで、救命センター、なの？

——は、はい、ご家族が、積極的な延命処置を希望されておりますので……

——ふうん、そうなの、で、場所は？

——場所にあっては、江戸川区篠崎町《しのざきまち》……

——……はいはい、それじゃあ、どうぞ

——ありがとうございまあす、二報なし、ご家族同乗し、所要約十五分で参ります

「そんなやり取りがあって、それから、十分ほど経った頃ですかねえ、眠い目を擦《こす》りながら、初療室でスタンバイしてた時に、また、電話が鳴りまして……」

——先生！

——あれ、二報？

――いえ、違います
――じゃ、何?
――もう一人、お願いできませんか
――え?
――四十代男性、作業中に職場で卒倒、現在、ＶＦで、救急隊が除細動《じょさいどう》プロトコール実施中、なんですが……
――な、何だって、どこよ、場所は?
――先生の病院の直ぐ裏を走る、首都高の工事現場です
――ホントかよ!?
――いかがでしょうか
――わかった、直ぐに連れてきて!
――ありがとうございます
――ただし、さっきの篠崎のＣＰＡ、どこか、別に回してよね!
――えっ、そ、それは……
――だって、そんなの、この時間に、二人も無理だぜよ
――は、はあ……
――先生、通話回線、割り込みます、救急指令センターの監督官です

——ん？

——すみません、先のＣＰＡ症例、ＧＰＳで見ると、すでに先生のところの敷地内に入っておりますので、そのまま、受けてやって下さい

——じゃあ、ＶＦの方は……

——別の救命センター、当たります

——お、おいおい……

「ってなことに、なっちゃいまして、これが……」

「おまえさん、そりゃ、いささか、どころか、大きな問題なんだぜ」

「すみません」

当直医は、二人目の患者を収容できなかったことを、部長に詫《わ》びた。

やっぱり、無理をしてでも、二人同時に、収容するべきだったんですかねえ、先生、と、当直医はため息交じりに続けた。

ＶＦとは、Ventricular Fibrillation の略で、心室細動と訳されている。

さらに付け加えるなら、このＶＦは、多種多様なものがある不整脈の中でも、最も危険な「致死性」と位置づけられているものの一つである。

言うまでもなく、心臓とは、全身の隅々にまで血液を巡らせるための、筋肉でできた強力なポンプである。

そのポンプは、左右一つずつの心房と心室と呼ばれる、都合四つの部屋と、それぞれの出口にある四つの一方弁（心臓弁）からなっている。

人間の血液の流れは左心室からはじまり、大動脈弁を通って大動脈、そして各組織を潤す毛細血管に至り、そこから大静脈に集められて、右心房に戻ってくる。この右心房から、さらに三尖弁《さんせんべん》を通って右心室に入り、その後、肺動脈弁を通って、肺動脈、左右の肺の中の毛細血管を経て、肺静脈に集まり、そして左心房に戻ってくる。左心房に戻ってきた血液は、僧帽弁《そうぼうべん》を通って左心室に流れ込み、再び、大動脈を経由して全身に巡っていくのだ。

この血液の流れを生み出すポンプの駆動力の源は、心室を形成している強力な筋肉（心筋）なのだが、一方、血液が心臓からスムーズに送り出されていくためには、適切なタイミングで、心房と心室の筋肉が収縮・弛緩し、同時に、心臓弁の確実な開閉が必要とされる。

ポンプとしての、喩えるならそうしたソフト面を担っているのが、心筋の収縮を引き起こす電気信号で、この信号は、コントロール・タワーに相当する右心房の洞結節《どうけっせつ》から発信されて、房室結節《ぼうしつけっせつ》と呼ばれる中継点を経由し、左右の心室の末端にまで至るいわば電線の中を流れていく。

ちなみに、不整脈という病態は、この信号の通り道（刺激伝導系）のどこかに異常が生じることにより、リズミカルで規則正しい秩序立った心筋の収縮・弛緩や、心臓弁の正常な開閉が妨げられてしまうものである。

件のVFというのは、この刺激伝導系が破綻し、心室の筋肉が、全く無秩序に収縮・弛緩を繰り返している状態を指しており、あるいは、心臓の筋肉がけいれんを起こしているとも形容される状態であり、心電図モニター上で、VFは細かく不規則に上下する無秩序な波状のラインとして表示される。

また、手術室などで、実際にVF状態にある心臓を目にすると、心筋が、ザワザワと蠢《うごめ》いている無数の小さな虫の集まりのようにも見え、細動と称される理由が実感できる。

このように、VF状態にある心臓は、ポンプとしての機能は完全に失われており、つまり、その傷病者は心肺停止、すなわちCPAの状態にあるということになる。

「とは、言っても、VFで『除細動プロトコール実施中』となると、ですね……」

そう言いながら、当直医は顔を上げた。

除細動とは、心室細動を呈している心臓に対して、いわゆる電気ショックを加えることにより、心臓本来の正常なリズム（洞調律《どうちょうりつ》）に戻すこと、すなわち細動を除去するということである。

うまくすると、たった一度の電気ショックで、それまでの細動が一瞬にして嘘のように消えて、洞調律の心拍が再開、その途端に意識のなかった傷病者が目を覚ますということが期待できるのだ。

その電気ショックを与える医療機器は除細動器と呼ばれているが、ちなみに、最近では、一般の人でも使えるようなＡＥＤ（Automated External Defibrillator）と称する小型の除細動器が普及している。

この「除細動プロトコール実施中」というのは、救急隊が、現場の傷病者がＶＦすなわち心肺停止状態であることを確認し、電気ショックを含めたＣＰＲを実施していることを示しているのだが、こうした言い方を救急指令センターがしてくる時は、往々にして、電気ショックを何回もかけているが、なかなか洞調律に復帰せず、難儀しているという切羽詰まった状況の場合である。

「確かに、四十代の働き盛りの男性が、肉体労働中に突然倒れてしまい、おまけにそれが、難治性のＶＦとくりゃあ、やることは、もう、まっしぐらにＥＣＰＲだからなあ」

当直医のプレゼンテーションに耳を傾けていた部長が、口を開いた。

「ええ、そうなんですよ、先生、だけど、人手の限られたあの時間帯で、しかも同時に、別のCPA患者が担ぎ込まれている時に、それこそ、ECPRをやろうなんていうのは、やっぱ、無茶ですよね」

だからこそ、一人目のCPAの方は、勘弁してくれって、救急指令センターに申し入れたんですが……そう言って、当直医は再び視線を落とした。

ECPRとは、Extracorporeal Cardiopulmonary Resuscitation、すなわち体外循環式心肺蘇生法の略である。

いわゆるCPRには、いろいろなレベルの方法論があり、例えば、傍にいた人間の五体と、前述したAEDだけを用いて、人工呼吸や心臓マッサージ、除細動などを実施する一次救命処置（BLS：Basic Life Support）から始まり、アドレナリンなどの各種薬剤、気管挿管、人工呼吸器などという医療資器材を用いて、救急救命士や通常の医療機関がBLSに引き続いて行う二次救命処置（ALS：Advanced Life Support）というものがある。

そのALSを行う際に、PCPS（Percutaneous Cardiopulmonary Support：経皮的心肺補助装置）と呼ばれる特殊な人工心肺（血液ポンプと高分子中空糸膜）の回路を傷病者に装着するのが、ECPRである。

通常のBLSやALSの場合、止まってしまった心臓に代わって全身に血液を巡らせるには、前胸部の真ん中辺りを間歇的《かんけつてき》かつ継続的に押下する胸骨圧迫（心臓マッサージ）を頼みにするしかないのだが、その際に、全身の組織、特に脳に対して、果たして十分な血流が維持されているのかどうか、つまり、循環が確保されているのかどうか、正直、心許《こころもと》ないものがある。

しかし、このPCPSという装置を用いると、たとえ心臓が停止したままではあっても、酸素化された血液を、確実に全身に巡らすことができるのだ。何より、電子機器であるPCPSを装着すれば、人工呼吸や心臓マッサージなどといった、ある意味、素朴で手荒な力業は、基本的に、不要なものとなる。

ここ十数年の間に、広く普及してきているのだが、PCPSの装着に当たっては、動脈や静脈の中に太い管（カニューレ）を何本も挿入するという侵襲的な専門処置が必要になるため、一般には、人材や設備が揃っている救命救急センターなどの高次救急医療機関を中心に実施されている。

「だって、考えてみて下さいよ、この傷病者は、状況から見て、十中八九、急性心筋梗塞などの循環器系の疾患によるVF、心肺停止だと思えるので、PCPSを装着した後には、引き続いて、心臓カテーテル検査を実施して、そうだと診断がつけば、急ぎPC

Ｉをやることになるはずなんですから、そうなればなおのこと、高齢の発見系のＣＰＡに対応している暇なんぞは、ありませんやね」

もちろん、実際に収容してみなければ、ホントのことはわかりませんが、しかし、救急患者を受けるというなら、そこら辺りまで、先読みしますからねえ、と当直医は口を尖らせながら続けた。

蛇足ながら、急性心筋梗塞というのは、心臓（心筋）そのものを養っている血液を巡らせている冠動脈《かんどうみゃく》という血管が、動脈硬化をはじめとする種々の原因で、突然、詰まってしまい、その結果、血流が途絶えてしまった部分の心筋が酸欠状態に陥ってしまうという病態である。

大半の場合、突然の激しい胸の痛みを伴って発症し、冠動脈の詰まる場所によっては、同時にＶＦを起こして意識をなくし、卒倒してしまうこともあるのだ。

急性心筋梗塞の治療としては、カテーテルという細い管を冠動脈に挿入し、詰まりの原因となった血栓を吸引したり、狭窄している部分にステントと呼ばれる金属製の網目状の筒を挿入、それを押し広げて冠動脈を拡張する、などといったカテーテル治療が現在の主流であり、そうしたものを総称して、経皮的冠動脈形成術（ＰＣＩ：Percutaneous Coronary Intervention）と呼んでいる。

この治療の成否は、如何に迅速に、冠動脈の詰まり、すなわち血流障害を解消して、酸欠状態に陥っている心筋が壊死《えし》するのをくい止めることができるのか、ということにかかっており、まさしく分単位の時間を争うものである。

高エネルギー外傷と同様に、この急性心筋梗塞に伴う難治性ＶＦ症例もまた、直近の救命救急センターが、間髪を容れず、収容しなければならない病態なのだ。

「もちろん、よくわかってるさ、だから、二人目の患者を受けるから、その代わり、一人目はキャンセルねっていう、おまえさんたちの考えは、全然間違ってないよ」

部長は、当直医たちを労うように、ウンウンと頷いた。

「えっ、さっき、それは大きな問題なんだぜって、先生、おっしゃっていませんでしたっけ」

部長と当直医のやりとりを聞いていた若い研修医が、不思議そうな顔を向けた。

「違う違う、俺が大きな問題だって言ったのは、救急指令センターが、こちらの要望を叶えてくれなかったっていう、そのことに対して、だぜ」

だって、こちらが収容するよって告げていたにもかかわらず、結果的に、その傷病者は、別の救命センターに搬送されることになってしまったわけだからね、と、救命センターに配属されてからまだ日の浅い研修医に、諭すような口調で、部長が続けた。

「ウチに連れてきていれば、無事に蘇生できたかも知れないのに、たとえ同じ救命救急センターという救急医療機関ではあったとしても、少しばかり距離のある隣の施設に搬送したために、不幸な結果になってしまうということが、十分にあり得るんだから」

それぐらい、難治性ＶＦ症例やＰＣＰＳを必要とする治療の場合、まさしく一分一秒のタイムロスがクリティカルなんだって、そういうことだよ、と部長は付け加えた。

「その伝で行けば、病院裏の工事現場で卒倒したなんざ、実際、超ラッキーだったんだがな、この傷病者は」

部長は、ホント、もったいないよなあ、と独りごちた。

「……と、いうことは、一人目をどこか別にやってくれって言ったことが拙《まず》かったんじゃないんでしょうか、先生」

そのひと言で、本当のところは、二人目は収容できないんだな、と、救急指令センター側が勘ぐってしまったんでしょうから、と若い研修医が続けた。

この物言いに、思わず、当直医が大きく目を見開いた。

「確かに、おまえさんの言うように、余計なことを言わずに、黙って求められるがままに、二人目を収容していればよかったのかも知れないが、しかし、もし俺が、その時その場にいたとしたら、きっと、同じことを言ってたと思うよ」

部長の言葉に、当直医は、一瞬、ホッとしたような表情を見せた。

「ど、どういうことなんでしょうか、先生」

若い研修医は、怪訝そうな顔を部長に向けた。

「そもそもが、救急指令センターは、そんな忖度《そんたく》もどきの気の遣い方なんざしないよ、直近の救命センターが、たまたま『他患者取扱中につき』塞がっているから、直ぐに隣の救命センターに切り替えて収容を依頼する、単に、それぐらいのことだとしか思ってないと思うよ、きっと」

部長が続けた。

「ここら辺りのところが、実は、現場の俺たちと、心情的に大きく違うところなんだよなあ、きっと」

若い研修医は、何を言っているのか、今ひとつ理解できないといった面持ちで、部長の顔を見つめた。

「いいかい、それなりの年齢《とし》で、もともと何かの病気持ちの人間が、何時《いつ》そうなったのかもわからないような状況下で倒れていて、救急隊が接触した時の心電図がフラットであるいわゆる『発見系』の場合と、それまで普通に仕事やスポーツをしていたところ、突然意識消失して倒れ込んでしまい、心電図がＶＦを呈している場合、いずれの場合もＣＰＡであるということにおいては変わりはないが、救命救急医療においては、それこそ、雲泥の差があるんだぜ」

「雲泥の差？」

「そう、自分たちが、その持てる力を注ぐべきは、間違いなく、後者の方なんだから」

早い話が、前者のような傷病者は、天下の救命救急センターが収容すべきでも、あるいは救命救急センターに搬送してくるべき要もないっていう、そういうことだよ、と部長が語った。

「それって、だけど、患者を差別するってことですよね、先生、助けるべき人とそうでない人とに……」

「おいおい、言い方に気をつけてくれよ」

差別なんかではなく、長年の経験から導き出された峻別っていうか、それこそ、正しい意味での知恵なんだと思うよ、それは、と、部長は一人で頷いた。

「は、はあ、そうなんですか……」

若い研修医は、呆れ顔で、口を閉じた。

「と、すると、どういう対応をすればよかったんでしょうか、先生」

当直医が、頭を掻きながら、部長に尋ねた。

「うん、ホントは、そう、一人目の患者の要請を、『救命センター適応外』と言って、毅然《きぜん》として、端っから、断っておけばよかったんだよ」

おまえさんが、そうプレゼンしていれば、その判断は問題なし、として、俺はきっと、聞き流していたと思うよ……

＊

部長の十八番《おはこ》の禅問答は、若い医者には相手にされず、それでもやっぱり、救命センターのモーニング・カンファレンスは、続いていきます。

第八話　それは災害!?

「次は、DMAT《ディーマット》要請の症例です」

救命センターの昨日の新入患者をプレゼンテーションする、毎朝《いつも》のモーニング・カンファレンスである。

申し送りをする当直医が、一枚のカラー写真をスクリーン上に映し出した。

「傷病者の現場写真かい？」

部長が身を乗り出しながら、声を上げた。

「……って、どっち向いてるんだい、これは」

DMATとは、Disaster Medical Assistance Team の略で、災害派遣医療チームを意味している。

一般に、DMATとは、地震などの自然災害をはじめ、列車脱線やガス爆発など、多数の傷病者が発生するいわゆる都市型災害の場合に、実際にその現場に入って、傷病者に対する救命救急処置（「がれきの下の医療」とも呼ばれる）を行う医療チームのことで、医師、看護師、救急救命士などから構成されている。

さて、このチームの一員、つまりＤＭＡＴ隊員になるには、災害医療の講義や実習などといった、実践的なトレーニングを受けなければならない。

東京の場合、こうした災害派遣医療チームは東京ＤＭＡＴと呼ばれており、東京都福祉保健局の管轄の下、救命救急センターを備える東京ＤＭＡＴ指定病院のスタッフを中心に編成されている。

万一、都市型災害が発生すると、都知事が東京ＤＭＡＴの出場を下命し、それを受けて、この下町の救命センターにも、東京消防庁から、東京ＤＭＡＴの出場要請がかかることになるのだ。

「出場要請は、マンション建築現場での、作業員の墜落事故に伴うものでした」

部長の問いかけには答えずに、当直医が続けた。

「墜落事故でＤＭＡＴ、なの？」

「はあ、それはですね……」

――こちら東京消防庁、ＤＭＡＴの出場要請です

――概要は？

――高所からの墜落事案です、傷病者にあっては、現在、救出中

――転落？　飛び降り？

――いえ、建築現場での労災事故のようですが……

――傷病者が、複数いるのかい

――今のところ、一人ですね

――一人？　それでＤＭＡＴなの？

――はあ、詳細は不明なんですが、現場からの報告で、救出に長時間を要するとのことで……

――墜落で、救出に長時間？

――はあ、何分《なにぶん》、こちらにも、まだ詳細が入ってきておりませんので……

――わかった、ともかく、直ぐに出るよ

本来、ＤＭＡＴが投入されるのは、多数の傷病者が発生しているような災害現場である。そして、そうした傷病者を重症度に応じて選別し、医療機関に搬送する順番、すなわち治療の優先度を判断していくトリアージという作業を行うのが、ＤＭＡＴの第一の役割である。

その中で、重症者に対しては、必要に応じて、応急的な救命処置を行い、医療機関に

収容されるまでの時間を稼ぐといった医療行為を施すことは言うまでもない。

ただ、こうした多数傷病者が発生する航空機事故や列車事故、高速道路での多重衝突事故、あるいは爆発事故などといった類のいわゆる都市型災害は、東京の場合、年間に一例、あるかないかといったところで、実際にＤＭＡＴがその力を発揮すべき場面は限られたものとなっている。

もちろん、東京ＤＭＡＴとして、定期的な出場・トリアージ訓練などが行われてはいるのだが、年中行事化しているようなそれだけでは、正直なところ、来るべき東京直下地震に備えるには、何とも心許ないと言わざるを得ない。

そうした中で、せっかく身につけた知識や技術を少しでも維持できるように、あるいは、消防との連携をより確かなものにするために、たとえ傷病者が一人であったとしても、救助に時間を要するなど、迅速に医療機関に搬送できない可能性がある場合は、ＤＭＡＴの出場機会として捉えられるようになってきている。

このことは、傷病者に対して現場から早期に医療を施す、という災害医療の本来のコンセプトにも、十分合致していることである。

ちなみに、東京ＤＭＡＴが病院から災害現場に出場する際には、東京消防庁のＤＭＡＴ連携隊が操って緊急走行する消防車両（赤い車）によって、エスコートされることになっている。

「救出に時間がかかっている、と言われりゃ、ＤＭＡＴとして出ることは、もちろん、吝《やぶさ》かではないんですが……」

通常、救出に時間を要するというのは、追突事故で車内に閉じ込められちゃっているとか、機械に巻き込まれているとか、重量物の下敷きになっちゃっているとか、そんな場合が大半で、墜落事故によるものというのはあまりないんですがねえ、と当直医は続けた。

「うん、確かにそうだよな」

小首を傾げている部長の後ろから、ＤＭＡＴ隊員の資格を持つ中堅どころの外科医が手を上げた。

「私、行ってきました」

「そうか、おまえさんが出張ってくれたのか、そりゃ、ご苦労さん」

で、どんな状態だったんだよ、と部長が外科医を促した。

「いやあ、先生、その写真通りなんですよ、これが」

外科医は、スクリーン上の写真を見ながら応えた。

「ただし、この写真、九十度、回して見て下さい」

で、ここんとこ、腹部のところを、よく見て下さいな、と外科医が指差した。

「何だよ、こりゃ、えっ？　ひょっとして、鉄筋かい」

「そうなんですよ、先生」

どうやら、傷病者は、建設現場の二階ほどの高さから誤って墜落してしまったらしいのだが、落ちた先が地下室のピットのような狭いところで、しかも、そこには床のコンクリートから、直径二センチほどの鉄筋が突き出ており、運悪く、その上に仰向けのまま落下、その鉄筋が背骨の右側から刺さって、そのまま体幹を貫通し、ちょうど、串刺しにされたような格好になっていた、と外科医が、身振り手振りを加えて説明した。

「なるほど、杙創《よくそう》の状態だったわけね」


外傷とは、体の外からの何らかの力により、肉体が損傷される病態であり、それによって生じたダメージを、創傷《そうしょう》と呼んでいる。

細かく言うと、創というのは、体表の皮膚の連続性が絶たれている開放性損傷を指しており、傷というのは、体表からは見ることのできない非開放性損傷ということになっている。

実際には、こうした厳密な区別をすることなく、ケガそのものを創傷と呼んでいるのであるが、その形態によって細かく分類するのが一般的である。

例えば、切創《せっそう》とは、鋭利な刃物などで切りつけられた外傷であり、刺創《しそう》とは、千枚通しのような先端の尖ったものが突き刺さった場合に用いられる。また、鉄パイプのようないわゆる鈍器で殴られたといった場合に生じる外傷は、挫創《ざそう》などと呼ばれている。

こうした外傷の呼び方は、日常生活でもよく使われているが、杙創というのは、あまり馴染みがない。

杙というのは、もともとは、地中に打ち込んで、目印や支柱にする棒や、切り株のことを意味するようであるが、杙創というと、「先端が、比較的太くて、鋭利ではなく鈍な形をしている、長尺物により起こる穿通性損傷《せんつうせい》」と定義されている。

この場合、長尺物の先端が体外に出てしまう貫通（串刺し）状態のこともあれば、杭を打ち込まれたかのような、先端が体内にとどまる貫入という状態のこともある。

この下町の救命センターには、過去に幾人もの杙創による傷病者が収容されている。

受傷機転や外力は、衝突事故から転落事故、自損行為や加害行為まで多岐にわたり、長尺物についても、鉄筋、鉄パイプ、角材、鉄棒、木杭などがあり、刺さっている場所も、頭、顔面から、首、胸、背中、脇腹、腹部、会陰部、あるいは四肢に至るまで、様々なケースがあった。

中には、中学校でのいじめで、木製のモップの柄を、肛門辺りから突っ込まれて、直腸に穴を開けられたなんぞというケースもあったように記憶している。

この場合も、分類上は、杙創ということになる。

「そうだとすりゃあ、確かに、救出するまでに時間がかかるよなあ」

「そうなんですよ、傷病者を引っ張り上げるために、鉄筋を傷病者の背部で切断しようとしても、周囲の空間に余裕がなくて、エアソーだか、エンジンカッターだかを用いるのに、レスキュー隊がずいぶんと手こずっていましたね」

うん、わかるわかる、と部長が何度か頷いた。


こうした杙創の傷病者を診る場合、最も重要なことは、医療機関に搬送する際、現場で、決して、その長尺物を体から引き抜いてはならないということである。

見た目がグロテスクで、如何にも残酷でかわいそうだと思ってしまい、ついつい、それを早く抜き取ってやりたいと考えるのが人情というものだろうが、実は、それは非常に危険な行為であるとされている。

例として、右の臀部から鉄筋が刺さり、左の脇腹に突き抜けているというような場合を考えてみよう。

皮膚や、大臀筋や腹斜筋といった筋肉が引き裂かれているのはもちろんのこと、解剖学的に考えて、その鉄筋で、胃袋や小腸などが串刺しにされているであろうことは容易に想像できるし、また、背骨の脇を上下に走っている大血管や、血管の塊であるといわれる肝臓や腎臓を貫通あるいは掠めていることも十分にあり得るのだ。

その場合、損傷された血管壁などに鉄筋が密着していることで、血管からの血液の流出すなわち出血が抑えられている可能性も考えられる。ちょうど、水道管に開いた穴を指で押さえて、水が噴き出すのを防いでいるような格好である。

もし、そうだとすると、よかれと思ってやった鉄筋を引き抜くという行為が、かえって大出血を引き起こしてしまい、あっという間に、傷病者が絶命してしまうということも、あながち大袈裟《おおげさ》な話ではないのだ。

ちなみに、鋭利な包丁が胸に突き立ったままになっているような傷病者を搬送する場合、救急隊は、それを抜くなんぞということは決してせず、むしろ、シーツや毛布を幾重にも巻いて、包丁を傷病者の体にガッチリと固定するということを厳に行ってくる。

これは、救急車で搬送する際、走行に伴う振動でその刃物が抜けてしまって、せっかく得られていた止血状態が破綻することを防止するためであり、あるいは、体内で刃が揺れることにより、新たな傷を作ることを阻止するためでもある。

つまり、体内に残っている異物を取り除く場所は、準備万端整えた医療機関の手術室を措《お》いて他にない、ということなのだ。

それと同様の配慮が、今回の現場でもなされているわけである。

そんなの、傷病者の両脚と両肩を持って、そのまま上に、一気に引き上げれば、スポッと抜けるんじゃないの、なんぞというのは、それこそド素人の浅はかな考えである。

人命救助のプロであるレスキュー隊は、鉄筋が刺さったままの状態で、安全に傷病者を救出するべく、打ったばかりのコンクリートを破壊することさえも厭《いと》わない構えで臨んでいるのだ。


「そもそも、その時の傷病者の状態は、どんな具合だったの」

「はい、写真の通り、傷病者は、腹から突き出ている鉄筋を自分の両手で掴んでいまして、冷や汗をかいて、ウンウン唸《うな》ってましたね」

「……と、いうことは」

「ええ、墜落の際に、頭部を強打しているということはなさそうでした」

実際に、ヘルメットが脱げてしまっている頭部や頸部には傷はありませんでしたし、表情は苦悶状でも、こちらの問いかけには、しっかりと反応していましたから、と外科医が続けた。

「バイタルはとれたのか」

「いやあ、さすがに、その格好で血圧を測るということは叶いませんでしたが、頸動脈はしっかりと触れましたし、脈拍も一〇〇前後で安定していましたから、出血性ショックの状態にはない、と判断しました」

鉄筋が突き出ている腹側の傷も確認しましたが、大量の腹腔内出血をきたしているような兆候もなかったですし、呼吸の促迫も見られませんでした、と外科医が付け加えた。

「そうかそうか、そりゃあ、奇跡的だったよなあ……とは言っても、その場の状況は、それこそ、地獄絵だよね」

部長は、両肩をすくめてみせた。

「で、その後は、どうなったの」

「初療室に担ぎ込みましたよ、鉄筋が刺さっているそのままの格好で」

しかし、その鉄筋が邪魔になってCT検査ができず、半ば出たとこ勝負という感じで、手術室に傾《なだ》れ込みました、と、外科医が頭を掻いた。

「そうなのか、で、どこを、貫通してた？」

「いやあ、先生、それこそアンビリバボーというか、右の腎臓の下極《かきよく》辺りを掠めはしていたんですが、出血が致命的となるであろう大血管は、まさしく紙一重っていうんですかね、ほんの数ミリメートルの距離で避けているんですよ、これがなんと」

消化管の大きな損傷もありませんでしたから、手術は、鉄筋の刺さっていた経路の、挫滅された筋肉の修復がメインだったんです、と、半ば拍子抜けしたような顔で、外科医は説明を続けた。

「そ、そうなんだよ、杙創って、不思議とそういうケースが多くてねえ」

以前、俺が経験した何例かも、そんな感じだったかなあ、あんまり大事に至らずに、みんな歩いて退院していったように記憶しているぜ、と部長は訳知り顔で頷いた。

「ま、もっとも、杙創で命が助かるっていうのは、大体が、そういう場合だけ、なんだけどね」

部長は、皮肉っぽく片方の口角を上げてみせた。

「いずれにしても、バイタルサインが安定した状態でここに辿り着けたってことが、何より大きいな」

おまえさんが、現場に出張ってくれたおかげだよ、ご苦労さん、と、部長が外科医を労った。

「……って、ほんとに役に立ったんですかねえ、先生」

「ん?」

「両の肩にずっしりと食い込んでくるバックパックを背負《しょ》って、現場に乗り込んではみたものの、結局のところ、この傷病者に対して、正直、あまりやることが……いえ、やれることが、ありませんでしたからね」

ＤＭＡＴには、標準医療資器材というものが定められている。

これは、携帯型小型超音波診断装置に始まり、切開・縫合といった創傷処置はもちろんのこと、点滴や気管挿管、さらには胸腔ドレーン挿入といった、災害現場における傷病者に対する応急的な救命処置に必要な医療器具や医薬品をリストアップし、パッケージ化しているものである。

出場命令の下ったDMAT隊員は、このパッケージに加えて、これは、と思われる医療資器材を詰め込んだ大型のバックパックを手にDMAT連携隊の車両に乗り込み、現場に着けば、それを背負って、傷病者のもとまで走ることになる。

「墜落で救出に長時間、という情報だったものですから、現場の状況をいろいろと想像しちゃって、あれも、これもって……ずいぶんと、重たいバックパックになっちゃったんですが、結局のところ、傷病者に対してやれたことは、点滴のルートを一本入れただけでしたから」

現場では、ワアワアやっているレスキュー隊や救急隊を横目に、なんかこう、手持ち無沙汰でしたねえ、と、外科医が自嘲気味に下を向いた。

「何、それじゃ、気に入らないのかい」

「だって、先生、苦労して、息せき切って、駆けつけたんですよ、だから、もう少し、DMATの医者として、本来の活動ができなかったのかなって……」

「DMATとしての、本来の活動って？」

「だから、『がれきの下の医療』ですよ、先生」

「がれきの下の医療」というのは、地震や土砂災害、工事現場での崩落あるいは車両の多重衝突事故などにより、倒壊した建築物の下敷きになってしまったり、押し潰された車両に閉じ込められている傷病者に対して、その場で必要な医療を行うものとされている。

その目的は、時間を要するそうした状況からの救出作業の間に、傷病者の状態が悪化し、最悪、絶命してしまうことを防ぐことにある。

そのために、医療者自身ががれきの下に潜り込み、点滴を入れたり、気管挿管をして人工呼吸を施すことはもちろん、救出を可能にするべく、要すれば四肢の切断をも敢行することがあるという、かなり派手なものである。蛇足ながら、従って、この医療の対象となるのは、がれきの下で生存している傷病者である。

よく知られている例として、平成十七年四月、兵庫県尼崎《あまがさき》市で発生したＪＲ福知山《ふくちやま》線脱線事故や、平成二十三年三月、東日本大震災の際に発生した東京都町田《まちだ》市のスーパー「コストコ」駐車場スロープ崩落事故の現場での医療活動があげられる。

「何だって？　救出までに時間を要する現場で、その間の傷病者の生命を維持するための応急処置を行う、という意味においては、おまえさんのやってきたことは、間違いなく『がれきの下の医療』だった、と思うけど……」
「いやあ、しかし、私自身、がれきの下には、潜ってはいませんからねえ」
「え？」
「いや、つまり、わが身の危険を顧みず、傷病者に医療を施したという、実感、というか、高揚感がなかったんですね、きっと」
「おいおい、災害医療って、安っぽいヒロイズムとは、まったく無縁のもんなんだぜ」
おまえさん、わかって言ってるのかい、と部長は、呆れ顔で外科医を見つめた。
「災害医療」には、国際的にも広く支持されている基本的な七つのコンセプトがある。
C……指揮・統制（Command & Control）
S……安全（Safety）
C……情報伝達（Communication）
A……評価（Assessment）
T……トリアージ（Triage）
T……治療（Treatment）

T……搬送（Transport）

それぞれの頭文字を並べたCSCATTT《シーエスシーエーティーティーティー》は、DMATあるいは災害医療の教科書には、必ず記されている災害対応の基本であり、東京DMATの隊員を養成するレクチャーにおいても、真っ先に教え込まれているお題目である。

それぞれの説明は、他に譲るが、二つ目のS、「安全」について、ここで触れておこう。ひと言で言えば、災害現場での安全確保ということなのであるが、ここで言う安全は、救助されるべき傷病者のそれではなく、救助する側の安全である。

災害救助において、何よりも重要なことは、救助に伴って二次災害を絶対に出してはならないということ、つまり、救助者の安全が最優先であり、救助者が、自らの生命を危険にさらすような、イチかバチか、あるいは可能性に賭ける、なんぞといったアプローチは、決して、あり得ないということである。

東京DMATの枠組みで言うと、例えば、その運営要綱の中に以下のように記されている。

（4）活動原則

ア　東京DMATは、東京消防庁の現場指揮本部の指揮下において、消防隊等により安全が確保された範囲で活動する。

つまり、東京DMAT隊員が、現場において足を踏み込めるのは、必ずしも、傷病者の傍ら、ということではなく、二次災害を被らない安全なエリアの中だけ、ということなのである。

「まあ、それはそうなんですが、だけど……点滴なんて、救急隊にでも、できますから」

やっぱ、おもしろくないですよね、といった顔つきで、外科医が続けた。

「こんなことなら、救出されてくるのを、救命センターで待っててりゃよかった」

「おいおい、おまえさんの言ってることは、全部、結果論だろ」

墜落の傷病者が、実は杙創を負っていたこと、幸い、刺さった鉄筋は、急所を外れているようで、おまけに、頭部の外傷はなくて、意識があったこと、だけど、その状況から抜け出すには、やはり、時間がかかること、などなど、現場に出張ってみて、初めてわかったことさ、それに……と、部長が続けた。

「意識のある傷病者が、倒れている自分の傍らに、天下の救命センターの外科医がいて、しっかりしろ、大丈夫だから、頑張れっ、もう少しだって、声をかけてくれていると思えばさあ、そりゃあ心強いと思うがな、俺は」

　それこそ、医者にしかできない芸当なんじゃないの、と言いながら、部長は外科医の顔をのぞき込んだ。

「実際、レスキュー隊なんかにとっても、現場に医者がいてくれるっていうのは、気持ちの上で、全然違うんだって話だぜ」

「そういうもの、ですかねえ」

　外科医は、今ひとつ、腑に落ちないなといった顔で、腕を組んだ。

「しかし、そんなことを言ってくれるなよ、俺としては、来るべき本番に備えて、おまえさんたちに、経験を積んでおいてもほしいんだから、さ」

「本番って?」

「もちろん、『来るぞ来るぞ』と言われている、東京直下地震だよ」

　東京都の地域防災計画によれば、万一、東京直下地震が発生した場合、東西方向に長い東京都全体が一時《いっとき》にやられることはなく、もし、その震源が二十三区内にあれば、西部の多摩《たま》地区は大きな被害を免れることができ、反対に、震源が多摩地区にあるとすると、東の区部は、生き残ることになると想定されている。

　その場合、生き残った側の地区にいる東京ＤＭＡＴが、被害を受けた地域の救助・救援に入るという段取りになっている。

「そんな絵に描いた話のようになるかどうか、そりゃまったくのところ眉唾だとは思うんだけど、しかし、現時点では、それに従って、準備しておくしかないのさ」

そんなことを考えた時、今回のような事故現場や災害現場で、地獄絵とも見えるようなシーンに触れて、少しでも免疫をつけておくっていうことが、きっと役に立つだろうし、それに、普段から、DMAT連携隊などの消防と、顔の見える関係を作っておくことも、必要なんだろうと思うよ、と部長が続けた。

「そうそう、いつぞや、近くのJRの駅のホームから飛び込んで、電車と接触、その下敷きになってしまっている傷病者がいるっていうんで、DMATとして引っ張り出されたことがあったんだが、その時目にした光景は、強く印象に残ってるなあ、人間の体って、こんな風にひん曲がっちゃうことがあるんだって、なんか、妙に感心した覚えがある……」

部長が、一人で勝手に合点していた時、件の外科医とは別の外科医から声が上がった。

「しかし、先生、日常の業務中に、突然、現場に出場しろって言われると、ですね、いくら、突発的なことに対応するのが救命救急センターの役所《やくどころ》だと承知はしていても、それはやっぱり、抵抗がありますよねえ」

「いやあ、おまえさんの気持ちはよくわかるんだよ、だけどさあ、ウチは東京DMAT指定病院にされちまってるんだし、本来、DMATの出場は、都知事命令ということになっていて、要請されれば、とにかく、直ちに現場に出なければならないんだよ、これが……」

部長は、渋い顔をして、腕を組んだ。

「だから、ホントは、DMATの資格を持っている連中で、常時、待機する系列を作っておければなあと、常々、思ってはいるんだが、しかし、こんなに人手が逼迫している救命センターで、しかも、医者の働き方改革なんぞが声高に叫ばれてる昨今なんだからね、そんなこと、とてもじゃないが、できねえんだよ」

しばらくの沈黙の後、部長が口を開いた。

「……どれ、じゃあ、次の患者のプレゼンに、行こうか」

＊

最後は結局、救命救急センターの裏方としての、部長のいつもの恨み節になってしまっても、やっぱり、モーニング・カンファレンスは続いていきます。

第九話　それは急患!?

「それでは、朝の申し送りを始めます、えーと……」

毎度毎度《おなじみ》の、救命センターのモーニング・カンファレンスが始まる。先ずは、応需状況の報告から始める、というのが、ここでのルールだ。

「……えーと、東京消防庁から収容要請のあった前日分の傷病者は、合わせて十四名、その内、実際に救命センターの初療室に収容されたのが十名、内一名が、他の病院を退院したばかりでの急変であったことから、応急処置を施した後に、当該病院に話をつけて転送、さらに一名が、初療後に、実際は軽症であることが判明、入院加療を必要とせず、かかりつけ病院への紹介状を作成した上で帰宅とし、残る八名の内、CPA状態で担ぎ込まれてきたのが四名、その内三名が、CPRの効なく霊安室送りとなり、結果として、都合五名の患者が、新入患者として、救命センターの集中治療室に、入院することとなりました」

「と、いうことは、収容お断りが、全部で四件、ということになるのかな」

そりゃまた、何時《いつ》になく多いな、と部長は呟いた。

「はい、ちなみに、収容しなかった、あるいは、収容できなかった四名の傷病者の断り理由は、『救命センター適応外』というのが一名、『満床につき』というのが三名、です」

実は、満床になっちゃったのが今日の未明だったものですから、それを理由に断らざるを得なかった症例は、ほとんどが明け方の要請分になります、と申し送りを担当する当直明けの医者が続けた。

「夜中に満床になっちゃったのか、そりゃ、大変だったな、ご苦労さん」

部長は、当直医たちを労いながら、しかし、とすると、昨日の応需率は、十四分の十、ということで……七一パーセントということか、と独りごちた。

どれ、じゃあ、収容した症例を、詳しくプレゼンしてもらおうかな、と、部長が当直医を促した。

「はい、収容した五名の内訳は、バイクで走行中の交通事故と、自宅四階ベランダからの飛び降りによる、いずれも高エネルギー外傷が二人、残る三人が、急性心筋梗塞によるCPAからの蘇生患者、それから、高血圧性脳内出血の患者、そして、原因不明の意識障害・ショックの患者、になります、それでは、まず、バイクの交通事故から……」

部長がここで言った応需率とは、文字通り、救急患者の収容要請に対して、当該の救命救急センターがどれほど応需しているのか、つまり、救急患者をどれほど収容しているのか、という数字である。

実は、都県境の近くに位置している救命救急センターであれば、千葉県内や埼玉県内の救急隊からの収容要請を直接受ける場合もあるのだが、都内の救命救急センターに収容要請をかけてくるのは、その大半が、東京消防庁の救急指令センターである。

現場からの一一九番通報を受けて、救急指令センターが最寄りの救急隊に出場指令をかけ、現場に着いた救急隊が傷病者の状況を具に観察し、その状態が重症・重篤であると判断されれば、救急隊長は救命救急センターへの搬送を決断、その旨を救急指令センターに伝える。

そして、現場からの報告を受けた救急指令センターが、救急隊の判断に基づき、現場を管轄する直近の救命救急センターに、俗に言うところのホット・ラインを通じて、傷病者の発生を伝え、その収容を要請する、というのが一般的な手順だ。

このような仕組みの中で、各々の救命救急センターが、救急医療の最後の砦《とりで》として、どれほど地域医療に貢献しているのかを示す端的な指標として、この応需率が用いられているのだ。

言うまでもなく、応需率が高ければ高いほど、質の高い優れた救命救急センターという評価を得ることになる。従って、それはまた、現場を預かる救命救急センターの責任者にとっては、頭痛の種でもある、というわけだ。

「……と、いうことで、えーと、最後は、意識障害・ショックの患者……なんです……が……」

「ん？　どうしたよ」

「は、はあ、実は、この患者さん、年齢もまだわからなくて……男性であることは間違いないんですが……」

「何だよ、そりゃ、発見系か」

「まあ、発見系と言えば発見系……ということに、なるかとは思うんですが……」

それまでとは打って変わって、当直医の歯切れが悪くなった。

一一九番通報というのは、それに呼応する第一声が、「こちら一一九番、東京消防庁です、火事ですか、救急ですか」となるように、緊急事態が発生した時に、間髪を容れずになされるのが普通である。

例えば、通りを歩いていたら、目の前で車とバイクが衝突した、とか、家で一緒にテレビを見ていた家族が、突然、胸が苦しいと言って倒れ込んだ、とかのように、きっとそれは、そうした事態が発生した時と場所を、確実に特定できる場合であろう。

しかし、中には、こんな一一九番がある。

「三日ぶりに、出張先から家《うち》に帰ってきたら、妻が、居間で倒れているのを見つけた」

これは、妻が、いったい何時《いつ》から、何故そこに倒れているのか、実は、妻本人だけが事情を知っているという事態であり、それはつまり、たとえ見つけられた時点で生きてはいても、もしも妻の意識がないのであれば、何人《なんぴと》にも、その辺の経緯《いきさつ》がわからない、ということを意味しているのである。

もちろん、周囲の状況、例えば、妻の服装や、新聞受けに溜まっている新聞の日付け、食卓の様子、などから、テレビドラマの主人公のような探偵であれば、正しく推理できるのかも知れないが、それとて、おおよそのいい加減なものでしかなく、何月何日何時何分に倒れた、なんぞと言い当てることは、まずもって不可能であろう。

蛇足ながら、そんな状況であれば、何か突発的な疾病を発症して倒れたのではなく、第三者による犯罪行為かも、と考えて、一一九番ではなく、一一〇番に電話する人間の方が、きっと多数派であるに違いないと思われる。

このような傷病者は、我々の仲間内では発見系と呼ばれる存在であり、そうではない場合とは、少しばかり、扱いが違ってきてしまうのだ。

「で、どんな傷病者、だって？」

「はあ、ホット・ラインの要請内容は、五十代の男性、夜十時過ぎに、自宅で、意識なく倒れているところを、母親が発見したもの、ということでした」

「なんだ、自宅で、しかも、母親と同居してるんじゃん」

俺はまた、どっかの橋の下にでも、転がっていたのかと思ったよ、ま、それだったら、発見系っていっても、大した問題はないんじゃあないの、と部長が声を緩めた。

「そ、そうなんですよ、先生、我々も、五十代の、働き盛りの男性だと想像したものですから、実は、その時点で、救命センターのベッドが残り一床だったんですが、はいはい、収容しますよって、返事しちゃったんですよ、そしたら、ですね……」

——えっ、何、さっき搬送連絡のあった傷病者、この人、だっけ?

——は、はい
——ホントに? 何だろう、思っていたのとは、ずいぶんとイメージが違うんだけれど……ねえ、一一九番の通報内容は?

——は、はい、自宅で倒れているところを、傷病者の母親が発見したものということでした、ちなみに、先生、通報者は母親ではなく、母親のもとに通っているヘルパーさんだったようです
——え? どういうこと?

――はあ、現場では、母親の話が要領を得なかったものですから、そのヘルパーさんから情報を聴取したんですが、もともと、その母親にはかなりの認知症があるようでして、それで、本日も、いつものように訪問したところ、奥の廊下に、誰かが寝ていると言って、怯《おび》えていたそうなんですよ

――その寝ていたというのが、この人だったというわけ？

――はい

――ふうん、で、息子さんなのね、この人は

――それがですね、ヘルパーさんが母親に尋ねたところ、明確には、答えてもらえなかったそうなんです

――なんだい、そりゃ……だけど、ヘルパーさんだったら、その家の家族構成とかを、把握しているんじゃあ、ないの

――は、はあ、その方に、息子さんがいるらしい、ということは、ヘルパーさん、知っていたようなんですが、しかし、実際に、会ったこともなければ、どこにいるのかも知らなかったんだと……

――おいおい、そりゃ、ミステリーだな

――そ、そうなんですよ、先生、我々も、最初、戸惑ったんですが……

――そもそも、現場は、集合住宅？　それとも、一軒家なのかい

——三階建ての一戸建て、です
——へっ、そりゃ、立派なもんだ
——それが、先生、奥へ入っていくとですね、これが、いわゆるゴ、ミ、屋、敷なんですよ
——ゴ、ゴミ屋敷？
——ま、正確に言うと、ですね、ゴミ袋が山積しているというわけではなくて、とにかく、モノが多くて、しかも、それが部屋一面に散乱していて、足の踏み場もないっていうんですか、とにかく、そんな状態だったんです
——だって、ヘルパーさん、介入してるんだろ？
——家の奥がそんな風になってるって、初めて知ったそうです、ヘルパーさん
——あらまあ、ホントかよ
——で、傷病者は、そのモノに塗《まみ》れて、部屋の中で、仰臥位で倒れておりました、足だけ、廊下の方に突き出しているような格好で……
——そ、そりゃ、いよいよミステリーだよなあ……っていうか、ひょっとしてそれは、引きこもりっていうヤツかい？
——わかりません、いずれにしても、呼びかけてもまったく反応がなかったので、とにかくにも、救急車に収容しようと考えたんですが、何分、そんな環境だったものですから、傷病者の傍まで、ストレッチャーを運び込むことができずに、で

すね……

――どうしたの？

――仕方がないので、ゴミと思《おぼ》しきモノごと、傷病者の体を、玄関先まで引きずり出しました
――そ、そうか、そりゃ、大変だったね、で、最初のバイタルは？

――あ、はい、えーと、意識レベル２００、対光反射は緩慢で、呼吸数一二、心拍数四六、血圧六〇の四〇、体温は、低すぎて測定不能、サチュレーションもエラー表示が出ました
――既往歴は？

――先ほどお話ししたような状況ですので、現病歴、既往歴はもちろんのこと、ご本人の生年月日、生活歴などの正確な情報が、まったくわかりません、ただ……

――ただ？

――倒れてから、時間が、相当経過しているのではないかと……

「部長、それって、おかしくないですか」

当直医のプレゼンテーションに耳を傾けていた若手の救急医が、声を上げた。

「おかしいって、何が」

部長が、声の方に振り向いた。

「だって、そんなこと、あるんでしょうか」

若い医者が、怪訝そうな顔をしてみせた。

「ん？　ひょっとして、おまえさんがおかしいって言ってるのは、そのお袋さんが、なんか怪しい、すっとぼけてるんではないのかって、そういうことかい」

件の母親は認知症を装ってはいるが、実は、その引きこもりの息子を持て余していて、しかし、自分の目が黒いうちに何とか片をつけなければならないっていうんで、何かよからぬことを仕組んで、息子を家から引っ張り出そうと企んでいるのではないかって、そう勘ぐっているわけだな、なるほどなるほど、と、部長が何度か頷いてみせた。

「確かに、今巷《ちまた》で話題の、『ハチゼロゴーゼロ』問題を地で行くようなシチュエーションだよねえ」

「な、何ですか？『ハチゼロゴーゼロ』問題って」

若い医者は、小首を少しばかり傾げて、部長の顔を覗き込んだ。

「おまえさん、知らないのかい、八〇代の高齢の親が、五〇代で引きこもってしまっている中年の子供の面倒を見ているっていう、八〇五〇問題だよ」

ほら、この間もあったろ？　超の付くエリートだった高齢の父親が、職にもつかず自宅に引きこもっている中年の息子を、その家庭内暴力に思い余って、包丁だか何だかで、刺し殺してしまったっていう事件がさ、これなんか、八〇五〇問題が引き起こした典型的な事件だと言われてるんだぜ……このご時世、まったく訳がわからんよなあ、と、腕を組みながら部長が呟いた。

「違いますよ、部長、誰も、そんなスキャンダラスなワイドショー好みの話を言ってるのではなくて……」

若い医者が、眉根を寄せながら続けた。

「そうではなくて、ですね、私が申し上げたいのは、そんな傷病者が、救命救急センターのようなところに収容されたという、そのこと自体がおかしい、ということなんです」

自分がこの間まで所属していた、地方の救命救急センターでは見たことがありませんよ、こんな傷病者が収容されるところなんて……と、下町の救命センターに異動してきたばかりの若手の救急医が、呆れ顔をしてみせた。

「そんな傷病者、っていうのは、どういうことを指して言ってるの」

「だから、そもそも、いったい何日の何時に発症したかわからないような、それでいて、発症から長時間が経過していることが、確実にわかっているような症例、ですよ、部長」

こういうケースは、少なくとも救急医療機関が収容するべきものだとは、とても思えない、と、若手の救急医が捲し立てた。

「ど、どうも、おまえさんの言っていることが、よく理解できないんだが……それは、あれかい、このヘルパーさんが連絡すべきは一一九番ではなく、まずは一一〇番、警察だったたって、そういうことを言いたいのかしら」

だけど、それで警察官が現場に駆けつけたとしても、その倒れている人間が、明らかに死んでいると見えなければ、きっと、救急車を要請したと思うよ、警察官が……と、不思議そうな顔で、部長が若い医者を見つめた。

「いえ、私が申し上げているのは、この傷病者に対して、瀕死の人間として対処するのは、もちろん構わないんですが、そうではなくて、救命救急センターのような高次の救急医療機関に担ぎ込むべき急病人、というか、いわゆる救急患者として扱うというのは、間違っているのではないのか、ということなんです」

「な、何だって?」

部長は、口を半ば開いたまま、固まった。

そもそも、救命救急センターとは、いったい、どういうところなのか。

厚生労働省が策定している救急医療対策事業実施要綱なるものに基づいて、少しばかり杓子《しやくし》定規な説明をすると、救命救急センターとは、まず、「二十四時間、三百六十五日にわたって、救急搬送の受け入れに応じる救急医療機関」であって、「緊急性・専門性の高い脳卒中、急性心筋梗塞等や、重症外傷等の複数の診療科領域にわたる疾病等、幅広い疾患に対応して、高度な専門的医療を総合的に実施する」ことができ、さらに、「その他の医療機関では対応できない重篤患者への医療を担当し、地域の救急患者を最終的に受け入れる役割を果たす」ことが求められている施設である。

早い話が、救命救急センターとは、重症・重篤な救急患者を、年中無休で収容し、地域における救急患者受け入れの最後の砦となる医療機関のことである。

さて、ここで問題になるのが、この救急患者という文言である。

いったい、救急患者すなわち急患とは、どのような患者を指しているのだろうか。

実は、これには先ほどの救命救急センターのような明確な定義はなく、文脈から読み取ってみれば、一一九番の要請で出場した救急隊が、その現場で救急車内に収容した傷病者、ということになるものと思われる。

そうやって車内に収容した傷病者に対して、救急隊は、必要とあれば応急処置を施しつつ、いずれかの救急医療機関に救急搬送し、速やかに医療の管理下に移さなければならないことになっているのだが、その傷病者の病態の程度に相応《ふさわ》しいであろうと思われる救急医療機関を選び出し、さらに、そこへの搬送の了解を医療機関側から取り付けるというのは、実は、救急隊の役割である。

　彼らは、搬送先を選定し、あるいは搬送の了解を得るために必要な医学的知識や、所見をとるための術《すべ》について、長時間にわたる教育を受けているのだ。


「つまり……この傷病者は、急患ではないと」

　部長の問いかけに、若い救急医が、頷いた。

「ええ、百歩譲って、この傷病者が急患だと判断されたとしても、少なくとも、救命救急センターのような高次の救急医療機関が収容すべき急患ではない、ということです」

「……と、いうことは、この傷病者の搬送先を、救命救急センターとした救急隊の判断が、おかしいんだと、おまえさんは、そう言いたいわけだな」

　しかし、それは……と、部長が言葉を続けようとした時に、今度は、申し送りをしていた当直医が口を開いた。

「いや、先生、実は、ですね……」

――ねえ、隊長さんさあ、もう一度聞くけど、ホントに、この人、さっきのホット・ラインでもって、救急指令センターから搬送連絡のあった傷病者なのかい
――は、はい、間違いありませんが……
――ふうん……しかし、どうみても、普通じゃあ、ないよね

――と、言いますと……

――いや、ひと言で言うと、汚いんだよ、髪と髭《ひげ》が伸び放題だし、顔も体も煤《すす》けているし、着衣も、まるで煮染めたようになっているし、しかも、一見してわかるんだけど、羸痩《るいそう》がとても強いんだ

――は、はあ、ですから、先ほど、倒れてから、時間が、相当経過しているのではないか、と申し上げたんですが……

――いやいや、時間が経過しているとはいっても、普段、我々が「発見系」と呼んでいる傷病者とは、時間のオーダーが、全然違っていると思うよ

――え？

――つまり、発症してから数時間か、あるいは長くても半日や一日かそこら、といったものではなくて、下手すると、数週間単位の時間が経過しちゃってるのかも知れないような……

――そ、そんなに……

――あるいは、引きこもり状態、というだけではなくて、背景に、おそらく年余にわたる悪性疾患のような存在が、あるのかも知れないなあ

――そ、それは、我々には、何とも、判断しようがなくてですね……

――まあ、それはそうなんだけど……しかしこの状態で、搬送先として、よくもまあ、

シラっと救命救急センターを選定してくれちゃったよね

――と、とんでもない、我々も、当初は、直近の医療機関を選定したんです……

「お、おいおい」

当直医の説明に、部長が目を丸くした。

「大分、嫌みったらしい言い方をしちゃったんですが、それでわかったんですよ、実際のところ、救急隊も、状況からして、救命救急センターへの搬送の適応はない、と判断していたようなんです」

「それが、なんで、ウチに来ることになっちゃったのよ」

――それで、直近を何軒か当たったんですが、現場の特異性もあってなのか、どこの医療機関からも、収容を断られてしまって……

――うん、それで？

――はい、そうこうしているうちに、救急管制の方から、いつまで経っても現発していないようだが、いったいどうなっているのかって……

救急管制とは、東京消防庁の救急指令センターの中にあって、精緻なＧＰＳを用いて、救急隊（救急車）の動向を、リアルタイムで監視している部署である。

通常だったら、短時間のうちに、搬送先が決まって現発、すなわち現場を出発して、その医療機関に向かうはずのところが、長時間、現場から動いてないとなると、その救急管制から矢のような問い合わせが飛んでくるというわけである。

――それで、救急管制の方に、傷病者のバイタルサインを伝えたところ、それは明らかなショック状態だから、救命救急センター選定の適応だ、ということになりまして……

――なるほどなるほど、それで、救急指令センターの方から、うちのホット・ラインに連絡が来たっていうことか

「だけど、先生、そのホット・ラインの要請を、よく受けましたよね、実際のところ」

若手の医者が、当直医に冷ややかな視線を送った。

「いや、面目ない、しかし、実は、救急指令センターからの要請には、そうした現場の状況説明がまったくなくて、ただ五十代の男性ということと、バイタルサインだけが強調されていたものだから……」

すっかり、騙《だま》されてしまいました、と言いながら、当直医は、頭を掻いた。

なるほど、そういうことだったのか、と、部長は、合点がいったという顔で続けた。

「ちなみに、ホット・ラインで、病院選定に関して正直な事情を話されていたとしたら、おまえさん、どうしてたよ」

「そりゃ、もちろん、断りましたよ、だってその時点で、救命センターのベッドが、残り一床、だったんですから」

実は、その前に要請されたケースは、即行、断っているんです、だって、傷病者は、施設入所中の、寝たきりの九十代の女性で、主訴が意識障害だっていうんですから、これはもう、救命センター収容の適応がないというのは、誰が考えても明らかでしょ、それと同《おんな》じですよ、と当直医が続けた。

だけど、そうやって何とか守っていた虎の子の一床を、件の傷病者で埋めてしまったがために、その後の収容要請を、必然的に断らざるを得なくなってしまったんですから、やっぱり失敗でした、と、当直医は声を落とした。

「だけど、だとしたら、東京消防庁の救急管制は、ずるいですよね」

若手の救急医が、再び声を上げた。

「ずるい、というよりは、まあ、作戦勝ち、といったところかな、東京消防庁の」

救急管制にしてみれば、救急隊の本分、つまり、救急要請された傷病者を、速やかに、医療機関に搬送する、ということを全うさせるのが、何よりも重要なんだもの、と、東京消防庁とのつきあいが長い部長が、訳知り顔に語った。

「ところで、その引きこもりだか、悪性疾患だかの傷病者は、現在《いま》、どうなってんだい」

「は、はあ、やっぱり各種血液検査をやってみると、完全に値が狂っていて、異常が相当長期に及んでいるものと推測できまして」

「それで？」

「ええ、いろいろと手を尽くしてはみているんですが、しかし、現時点で、病態もはっきりしたことがわからず、何より昇圧剤にも全く反応せず、無尿状態も続いておりまして、さしずめ、先生の言葉を借りれば、『今、秋葉原《あきはばら》辺り』というところでしょうか」

「つまり……救急隊の初っ端の見立ては、間違ってなかったっていうことだな」

部長が呟くように、独りごちた。

「よし、じゃあ、次は、入院患者の申し送りに移ろうか」

＊

「ねえねえ、『今、秋葉原辺り』って、なんのこと？」

「ほら、大相撲の国技館は両国《りょうごく》にあるだろ、だから、秋葉原辺りにいるっていうことは、土俵の遥《はる》か外側にいる、つまり、土俵を大きく割ってしまっていて、もう打つ手がない、お手上げ状態、っていうことさ」

カンファレンス・ルームの末席にいる研修医たちが、部長のつまらぬ戯《ざ》れ言《ごと》に鼻白みながらも、それでも、モーニング・カンファレンスは続いていきます。

第十話　それは無駄!?

「次の症例は、男性、七十四歳です……」

救命救急センターのカンファレンス・ルーム、いつものように、その日勤務《でばん》の医者が顔を揃えている。

当直明けの医者が、直前二十四時間に収容された患者の病状をプレゼンテーションする、モーニング・カンファレンスである。

「何だよ、声が小せえなあ」

きっとオールナイト・フィーバーだったんだろうが、ここはもうひと踏ん張り、この朝の申し送りが、年中無休の救命救急センターの生命線《きも》、なんだからな、気合い入れろ、と、能天気な部長は、朝っぱらから、威勢だけはいい。

「す、すみません、マ、マスクの所為……かな」

当直医が、首を傾げてみせた。

この時期、患者に限らず、すべてのスタッフが、病院の中で口元を晒《さら》してはならない。

サージカル・マスクと呼ばれる、いわゆる不織布で作られているマスクを常時着用し、さらに、特殊な感染症が疑われる傷病者や患者に対峙《たいじ》する際には、N95と称される高規格の防護マスクを装着しなければならない、それが定められたルールである。

実際、N95マスクを着けていると、傍にいる人間にいつものように声をかけても、振り向いてはくれない、声が通らないのだ。

このN95マスクは、空気中に漂う微生物の、気管や肺への侵入を防いでくれるのかも知れないが、それを装着した状態で長時間活動すれば、若い医者でも息が上がり、間違いなく体力を消耗してしまう。

スタッフにとって、リスク回避は、まさしく重労働、なのである。

「えーと、七十四歳の男性は、自宅で倒れているところを発見され、収容されたものです」

当直医は、気を取り直し、少しばかり、マスク越しのボリュームを上げた。

「何だ、発見系かよ」

「いえ、そうではなくて、ですね……」

当直医は、電子カルテをスクロールしながら続けた。

「……傷病者は、独居なんですが、昨夜十時過ぎ、呼吸がしづらいということで、遠方

に住む妻に電話をかけたそうで、その最中に、呂律が回らなくなって意識が朦朧として
くるのがわかり、妻が救急車を要請した、ということでした」

「なるほど、そういうことね」

「はい、救急隊の現着時、傷病者は居室内で俯せで倒れており、意識レベル100、呼吸二八、脈拍八四、血圧一九〇の八五、瞳孔左右とも二ミリ、対光反射なし、体温三七度八分、サチュレーション八九パーセントという所見から、重症の意識障害との判断で、搬送先が救命センターに選定された、とのことでした」

「脳血管障害か……」

部長は、そう言いながら、電子カルテの画像ファイルをスクロールした。

「ええ、収容後も意識障害が続いており、除脳硬直《じょのうこうちょく》が見られましたので、直ぐに気管挿管を施して、画像検査を行いました」

除脳硬直あるいは除脳硬直肢位《しい》というのは、左右両側の肘関節が伸展し、前腕は回内《かいない》、手関節は軽度屈曲、さらに、両側の下肢が、股関節および膝関節においては伸展し、足関節においては底屈《ていくつ》している状態を意味している。

この状態、両の手足を完全に突っ張らかして、全身が一本の棒のようになって横たわっている、とでも表現すればよいだろうか、いずれにしても、一度目にしたら、忘れる

ことのできない奇妙な格好である。

この除脳硬直に関係するのは、脳の下面、つまり底部の方で、脊髄へと連なっていく中脳《ちゅうのう》、橋《きょう》、延髄《えんずい》と称されている部分（これらはまとめて、脳幹と呼ばれている）である。

例えば、頭部外傷や脳卒中で大きな血腫、血の塊ができてこの部分が強く圧迫を受けることになったり、あるいは何らかの理由で、血の巡りが悪くなったりすると、この硬直肢位が現れる。

つまり、除脳硬直を呈しているということは、傷病者の脳幹部分に重大な障害が起こっている可能性を、我々に直感させるというわけだ。

「その結果、脳底動脈《のうていどうみやく》の閉塞による脳幹梗塞と診断されて、直ぐに血管内治療を開始しました」

脳に血を巡らせている血管には、四本の幹線がある。すなわち、左右の内頸《ないけい》動脈と椎骨動脈である。

心臓を出た大動脈から分かれて、脳に向かって上行していくのが、左右の総頸《そうけい》動脈だ。映画やテレビドラマなどで、生きているのか死んでいるのか、それを確かめるべく、倒れている人間の首の辺りに指を当てる、なんぞという場面がよくあるが、あれは総頸動脈が脈打っているかどうかを見ているのである。つまり、この総頸動脈は、手首を走る動脈と同様に、簡単にその存在を知ることができる。

頭部に向かって喉元を上行した左右の総頸動脈は、その後、それぞれ外頸《がいけい》動脈と内頸動脈に分かれる。

外頸動脈は、甲状腺や、顔、顎、舌などの筋肉を養う枝を出しながら、頭蓋骨の外側を上行していくのだが、こめかみの辺りで触れる脈は、この外頸動脈の下流に当たる浅《せん》側頭《そくとう》動脈である。

一方、外頸動脈が分岐した後、総頸動脈は内頸動脈と名を変え、頭蓋内腔すなわち頭蓋骨で囲まれた内部にある脳へ向かうべく、頭蓋骨を貫通することになる。

眼《め》の奥辺りまで上行した内頸動脈は、そこで眼球や視神経を養う眼《がん》動脈を出した後、前大脳《ぜんだいのう》動脈と中大脳《ちゆうだいのう》動脈に分岐し、脳そのものを養うために脳の表面を走っていく。

他方、左右の椎骨動脈は、それぞれ、大動脈から上肢に向かう左右の鎖骨《さこつ》下《か》動脈より分かれて、脳に向かっていく。

この動脈は、頸動脈とは異なり、脊椎骨すなわち頸椎から左右に突き出ている突起（横突起）に開いた穴（横突孔）の中を走っているが、鎖骨下動脈より分岐後、第六頸椎の横突孔の下方から入り、連続する横突孔の中を、トンネルをくぐっていくかのように、第一頸椎に向かって上行するのだ。

そのため、体外から椎骨動脈の拍動を触れることはできないことになる。

そして、最終的に大後頭孔《だいこうとうこう》という、脳から連なる脊髄が頭蓋骨を貫通するための穴を経て頭蓋内に入り、やがてその左右の椎骨動脈が合流し一本の動脈になるのだが、この血管が件の脳底動脈である。

この脳底動脈は、さらに上行しながら、小脳動脈や橋《きょう》動脈などを出し、最後に、左右の後大脳《こうだいのう》動脈に分岐していくわずか数センチほどの長さの動脈である。しかし、生命のコントロール・タワーとも称される脳幹を養っている、まさしく生命線なのである。

ちなみに、左右の前大脳動脈は前交通《ぜんこうつう》動脈と呼ばれる動脈で、また、左右の内頸動脈と後大脳動脈は、後交通《こうこうつう》動脈と呼ばれる動脈で、それぞれが連結されており、結果、脳に血を巡らせている四本の幹線は、すべてが繋がっていることになり、脳への血流を万全なものにしているのである。

その脳底動脈が、何らかの原因で詰まって血の巡りが途絶すると、脳底動脈から枝の伸びている脳幹や小脳の細胞が壊死を起こしてしまい、それぞれが担っている機能が大きくダメージを受けることとなる。

いわゆる脳幹梗塞や、小脳梗塞と呼ばれる病態なのだが、このうち、脳幹梗塞の症状は、障害をきたす部位によって、多少異なったものにはなるものの、いずれにしても、高度な意識障害や目や顔が動かせないといった運動障害、あるいは、呼吸や循環、嚥下《えんげ》や消化などといった生命維持活動に大きな影響を及ぼす障害もあり、その結果、最悪、生命を落としてしまうことになる。従って、そうだと診断がつけば、できるだけ速やかに脳底動脈の詰まりを解消し、血の巡りを復活させてやらなければならないのだ。

さて、この脳底動脈の詰まりの原因となるのは、多くの場合、血栓である。

血栓とは、簡単に言えば、血管内にできた微小な血の塊であり、本来は血管からの出血をくい止めるために作られる、いわば生理的な物質である。

しかし、高血圧や動脈硬化、あるいは心房細動といった不整脈が背景にあると、出血がないにもかかわらず、血管や心臓の中で血栓が作られてしまうことがあり、それが、血流に乗って血管の中を移動、細い血管に目詰まりし、その結果、血流が途絶、その血流によって養われていた組織がダメージを受けることになるというわけである。

そうなる前に、つまり脳細胞が酸欠で死んでしまう前に、元凶であるこの血栓を速やかに取り除く、というのが、急性の脳梗塞に対する治療戦略なのだ。

「で、血管内治療って、何やったの？」

部長が、当直医の顔をのぞき込んだ。

「はあ、型通り、血栓溶解療法の後、ステント・リトリーバーを使って、血栓回収を行いました」

「ほお、で、どれぐらい、回収できたんだい」

「そうですね、二ミリ×二ミリ程度の血栓が四個ほど……」

当直医が、自慢げに首尾を報告した。


「血栓溶解療法」とは、アルテプラーゼ（組織型プラスミノゲン・アクチベーター）という特殊な薬剤を、静脈内に注入するものである。

先ほど、血栓は止血に必要な生理的な物質であると説明したが、同時に、生体内には、不要になった血栓や過剰に作られすぎた血栓を、自ら溶かして取り除くという生理的な機構があり、これを線維素溶解《せんいそようかい》（線溶《せんよう》）と呼んでいる。

この線溶を司るのがプラスミンと呼ばれるタンパク分解酵素であり、アルテプラーゼというのは、プラスミンの働きを活性化する薬剤である。

これを体内に投与し、余計な血栓を始末してしまおうというのが血栓溶解療法である。

一方、血栓回収というのは、文字通り、血管の中に詰まっている血栓を、力ずくで取り除く、ということである。

具体的には、血栓が詰まっているところまで、足の付け根の動脈から、ガイディング・カテーテルと呼ばれる細い管を通し、さらにその管の中に、マイクロ・カテーテルという一回り細い管を入れ、そのマイクロ・カテーテルの中に、リトリーバーと呼ばれる特殊な折りたたまれた網状のデバイスを入れるのだ。

この折りたたまれた網は、マイクロ・カテーテルの先端から出されると、自動的に開くような構造になっており、その網を使って、問題となる血栓をからめ取ってしまうことができるという優れものなのである。

「何だ、それっぽっちかよ、回収できた血栓てえのは……」

部長は、拍子抜けしたような声を出した。

「いえいえ、先生、外径が五ミリ、内径が三ミリほどの脳底動脈からしてみれば、大量回収ですよ」

実際、その後、途絶していた脳底動脈の血流が、きちんと復活したんですから、これが……と、当直医は、マスク越しに口を尖らせてみせた。

「そうなの、そりゃ失敬、自分の経験からだと、取り出した血栓というのは、鉛筆ほどの太さでもって、長さも数センチに及ぶというのがザラだったからなあ……」

そりゃ、先生のような外科医がやっていた血栓除去術というのは、大腿動脈や上腕動脈なんかの、それこそド太い血管相手ですからねえ、と、当直医が冷ややかな視線を部長に浴びせた。

「何だよ、デリカシーがないっていうのか、俺には」

カンファレンス・ルームに失笑が漏れた。

「ふん、ま、いいさ、で、その後は、いったいどうなったんだ、その患者さんは」

部長の問いかけに、当直医が、一瞬、視線を外した。

「それが、ですね、先生……」

当直医は、弱気に声を落とした。

「え？　さては、あれか、出血しちゃったのか」

アルテプラーゼを使った血栓溶解療法で、最も問題になるのが、血流再開後の出血、である。

脳梗塞に対して行った場合、数時間後に再検したCT検査で、新たな脳出血が確認されたということが、希ならず報告されており、重大な副作用として、厳重な注意喚起がなされているのだ。

「ち、違いますよ、先生、血栓回収の後は順調に経過しており、意識レベルの方も、メキメキと改善してきているんですから……」

「じゃ、何が問題なんだよ」

「出ちゃったんですよ、先生」

「何が？」

部長の問いかけには直接答えず、当直医は、スクリーン上に、胸部のCT画像を映し出した。

「お、おいおい、こりゃあ……」

部長の顔が、一瞬、引きつった。

「この画像を見て、急遽、抗原をチェックしたんですが、案の定、陽性という結果が出ちゃいました」

「やっぱ、いるねえ」

鼻の穴がのぞけてしまうほどにずり下がっていた自らのサージカル・マスクを、部長が、思わず引き上げた。

「だけど、収容前に、新型コロナがらみの情報は、なかったんだろ？」

「ええ、家族からの一一九番の入電時に、傷病者の周囲に新型コロナ陽性者がいるだとか、濃厚接触者として保健所の管轄下にあるんだとかの、そういった話は、まったくなかったということでした」

ま、もっとも、後で振り返ってみれば、傷病者が呼吸がしづらいと言っていたとかの情報や、救急隊が現場で測った体温やサチュレーションの値からすれば、もちろん、真っ先に疑ってかかるべきではあったと言えるんでしょうが、何しろ、除脳硬直の姿ばかりが目についたもので……と、当直医は頭を掻いた。

「ま、気持ちはわかるが……で、大丈夫だったんだろうな、プロテクトの方は」
「はい、この時期ですから、もちろん、ルール通り、フル装備で当たりました」

自宅や職場、あるいは事故現場などから急患として担ぎ込まれてくる傷病者の場合、事前の生活状況や健康状態などの情報が十分ではないことが多く、それ故、市中に新型コロナウイルスが蔓延《まんえん》しているこの時期、たとえ咳や発熱などの症状が認められなくとも、初療室に着いたばかりの傷病者に対しては、医者も看護師も、あるいは放射線技師等も含めてすべてのスタッフは、まさしく「患者を見たら、コロナを疑え」というスタンスで臨むことが求められている。

ちなみに、フル装備で当たると、帽子、手袋、ガウンはもちろんのこと、N95マスク、さらにはゴーグル（フェイスシールド）といった個人防護具を全身に纏《まと》うという、何とも仰々しい格好になってしまうのだ。

「初療室で、防護具の上に滅菌ガウンを重ね着して、そのまま血栓回収をやったものですから、もう、手袋の中は、汗まみれで……」

でも、後になって新型コロナ陽性と判明した時は、さすがに肝を冷やしましたね、これが、と当直医は肩をすぼめた。

「ですが、気管挿管の時も含めて、全員、対応に抜かりはなかったと思います」

新型コロナウイルス陽性患者に対処した時、例えば、気管挿管を実施する際に、N95マスクの装着方法が間違っていたりしたことが明らかになると、そのスタッフは、新型コロナウイルスに感染した可能性が高い濃厚接触者と認定され、下手をすると、勤務を外されて自宅待機、いわゆる出禁《できん》を命ぜられることになる。

医者にしても、看護師にしても、定数ぎりぎりで回しているところにそんな出禁が一人でも出てしまうと、最悪、当該部署を業務休止にせざるを得なくなってしまう。救命センターで言えば、救急患者の受け入れ停止ということになり、現場を預かる立場の人間としては、それこそ身も細る思いである。

「で、血栓回収の後は、どうなったの、その患者さん」

ふうと一息ついた部長が、当直医を促した。

「はあ、通常なら、その後、救命センターの集中治療室に入るところなんですが、新型コロナ陽性が判明しましたので、専用の陰圧部屋に入院となりました」

「空きがあったのかい」

「いえ、満床だったんですが、なんとか、空けてもらいました」

専用の陰圧部屋とは、このコロナ禍で、急遽造った病室であり、正確に言えば、本来は別の目的で設置されていた病室に、簡易陰圧化装置を取り付けて、コロナ用の重症個室をひねり出したというわけだ。

陰圧化装置というのは、部屋の中の気圧が、外よりも低めになるように、常時、部屋の中の空気を特殊なフィルターを通して室外に排気させている一種の空調機である。

新型コロナウイルスについては、感染伝播《でんぱ》の形態が確定されておらず、飛沫《ひまつ》感染（咳やくしゃみでうつる）がメインだとされてはいるものの、接触感染、エアロゾル感染、空気感染などの可能性も喧伝されており、大事を取って、病室内の陰圧化を図っているのである。

「で、今の状態は？」

「はい、先ほど申し上げた通りに、脳底動脈の塞栓による脳幹梗塞の方は、血栓回収がうまくいって、順調に経過しているんですが、酸素化が、どうにも悪くて、ですね……」

「やっぱり、コロナの所為か」

「ええ、現在、新型コロナウイルス感染症による急性肺炎として、感染症科のスタッフと一緒に診ています」

人間は、生存するために、大気中から酸素を取り入れる必要がある。端的に言えば、外界から取り込んだ酸素を使ってエネルギーを生み出し、それを使って全身の細胞の生命活動を維持しているわけである。そして、その結果として生じた炭酸ガス（二酸化炭素）を、排ガスとして大気中に放出しているのだが、この、外界から酸素を取り入れ、炭酸ガスを放出する、というサイクルが、いわゆる呼吸である。

この呼吸を担っているのが、鼻腔から始まり、咽頭、喉頭、気管、気管支、肺へと連なっていく空気の通り道、すなわち呼吸器である。

呼吸器の最終部分である肺胞は、微小な袋状の構造（直径三〇〇ミクロンほど）をしており、その肺胞の周囲を、これまた微細な毛細血管が取り囲んでいる。外界から酸素を取り入れ、炭酸ガスを放出するということは、実は、この肺胞と毛細血管との間において行われているわけである。

この肺胞は、肺胞上皮という一層の細胞からできている袋であり、毛細血管は、血管内皮という、これまた一層の細胞からなる管である。そして、この肺胞と毛細血管との間隙に、間質《かんしつ》と呼ばれる結合組織が存在している。

肺胞内に届いた酸素は、肺胞上皮を通り抜け、その外側の間質を通過し、さらに血管内皮の中を通って毛細血管内に到達、そこで、血管内を流れている血液中の赤血球にあるヘモグロビンというタンパク質と結合し、全身に運ばれていくのである。

これとは逆に、全身の組織から排出され、血液中に溶け込んだ炭酸ガスの方は、血流に乗って肺内の毛細血管にまで到達、そこから血管内皮を通り抜け、間質、さらに肺胞上皮を通過し、最終的に肺胞の中、つまり大気中に放出されていくこととなる。

ちなみに、肺胞と毛細血管との間の酸素や炭酸ガスの動きは、物質がその濃度の高いところから低いところに流れていく拡散という単なる物理的な自然現象であり、決して、酸素や炭酸ガスが、能動的に移動しているわけではない。

こうした、肺胞内の空気から、ヘモグロビンに酸素が取り込まれるまでの一連の流れを酸素化と言い、そうできる力を酸素化能と呼んでいる。

当直医が言った「酸素化が悪い」というのは、肺胞から毛細血管内に至る酸素の通り道のどこかに障害が生じて酸素化能が低下、その結果、血液中の酸素の量が減少あるいは酸素と結合できているヘモグロビンの割合が低下してしまい、そのために、全身の組織が酸素不足に陥ってしまっているという状態を指している。

実は、細菌やウイルスなどの病原微生物が気道内に侵入、肺胞にまで到達し、そこで悪さを始めると、それを阻止するべく生体の側は、白血球や抗体などのいわゆる免疫システムで微生物を攻撃してくるのだが、その結果、肺胞の中で炎症反応が起こり、本来なら気体しか存在しないはずの肺胞の中に、浸出液と呼ばれる液体が充満してくることになる。

つまり、通り道に液体などの障害物が立ちふさがって、酸素が毛細血管内になかなか辿り着けず、酸素化能が低下してしまっているというのが、感染症による肺炎なのだ。

では、そんな状況にある時、医療としては、いったい、どうすればよいのだろうか。

最も簡単な方法は、酸素を吸入させること、つまり酸素療法である。

通常、肺胞内の酸素濃度は、大気つまり空気中と同じ二一パーセントであるが、酸素を吸わせることによって、その濃度を上昇させることができる。

通常は、酸素マスクを宛がって、一分間に数リットルから一〇リットル程度の酸素を吸入させることにより、肺胞内の酸素濃度を、六〇パーセントあるいはそれ以上にまで引き上げることを目的としている。

また、最近では、ハイフローセラピーと呼ばれる新しい酸素療法も行われるようになってきている。

これは、一分間に三〇から六〇リットルという高流量で、かつ一〇〇パーセントに近い高濃度の酸素を、鼻カニューレという管を用いて、鼻腔から気道の中に送り込むというものであり、効率よく、かつ患者にとって苦痛の少ない形で、酸素を投与することができる優れた方法である。

それでも追いつかない時に試みられるのが、人工呼吸器の装着である。いろいろなタイプの人工呼吸器が存在するが、コンセプトとしては、肺胞内に陽圧をかけて、肺胞内から毛細血管内へ、酸素を力ずくで押し込んでしまおうということである。

いずれにしても、肺炎を発症していることで酸素化能が低下していても、ヘモグロビンにまで到達する酸素の量、すなわち、全身の細胞が必要としている酸素の量を確保しようというわけである。

「今後の見通しは？」

「どうでしょうか、今は人工呼吸器を装着して、何とか凌いではいますが、基本的には、時間稼ぎをしているだけですから、現時点では、何とも……」

「確かに、おまえさんの言う通り、人工呼吸管理っていったって、そりゃあ、新型コロナ肺炎の治療なんかじゃあ、ないからなあ」

部長は、渋い顔をして腕を組んだ。

肺炎を発症したことによって全身の酸素不足が生じている時、たとえ、酸素療法や人工呼吸器の装着で、必要量の酸素を確保できたとしても、それで肺炎の治療をしているということにはならない。

そもそも、細菌やウイルスが肺胞内に感染し、それに対する生体側の反応と相まって肺胞内に浸出液が充満、その結果としての酸素化能の低下が肺炎の主な様態なのであり、そうであるならば、肺炎の治療とは、原因となった細菌やウイルスを除去・死滅させ、そのことで浸出液の生成を減らし、低下した酸素化能を復活させるということになる。

ただ、それを成就するためには、それなりの時間がかかるわけで、その間に生じる酸素化能の低下によって生体に引き起こされる不都合な現象を回避するために、酸素療法や人工呼吸器の装着を実施するのである。

そういう意味では、人工呼吸管理なんぞ、時間稼ぎにしか過ぎないという物言いは、決して、間違いではないのだ。

さて、その原因を除去する具体的な方法としては、細菌であれば、抗生物質という有効な薬剤が存在するのだが、それがウイルスとなると、残念ながら、現時点では、確実なものがない。

もちろん、新型コロナウイルスについて言えば、例えば、レムデシビル（商品名ベクルリー）、ファビピラビル（同アビガン）などといった薬が有効とされ、あるいはウイルスによって引き起こされる有害な炎症反応を軽減するべく、デキサメタゾンなどのステロイドホルモン剤が、実際の医療現場では頻繁に使われているのだが、それらが決め手になっているという実感は、正直、あまりない。

「そうなんですよ、先生、これまでに幾人もの新型コロナウイルス感染症による重症肺炎の患者さんたちを診てきましたが、うまく治ってくれる患者さんは、たとえ人工呼吸器を装着されても、短期間で離脱できている方が大半で、その反対に、最悪の転帰を辿った患者さんたちの場合は、人工呼吸器を精緻に操って時間を稼いでおいて、その間に、効くと言われる薬剤や療法を試してみても、結局のところ、二進《にっち》も三進《さっち》も行かない、いわば膠着《こうちゃく》状態に陥らせただけで、何のことはない、最新のあるいは細心の集中治療だとかいったって、単に患者さんの病悩期間を引き延ばしていただけに過ぎないんじゃないか、なんて思えてくるんですよ、最近は」

当直医は、視線を落としたままで続けた。

「あるいは、この肺炎、別の言い方をすると、医療側が施す治療内容ではなくて、むしろ、患者さんの側の要因で、転帰が決まっちゃってるのではないかと……」

「何だよ、患者さんの側の要因って」

部長が、訝るような視線を、当直医に向けた。

「はあ、よく言われているように、高血圧や、糖尿病の持病があるとか、肥満体であるとか……いわゆるリスク・ファクターの有無が大きいというのは、その通りなんですが……」

「ん？」

「それだけではなくて、何て言えばいいのかなあ、その患者さんが本来持っている抵抗力、というのか、免疫力、というのか……なんか、ワイドショー的な物言いになっちゃいましたね、これじゃ」

当直医は、自虐交じりの苦笑いをしてみせた。

「うん、しかし、確かにそれは、あるだろうなあ」

「でしょ、先生、そういう意味でも、やっぱり、年齢というのは大きな要素だと思うんですよ」

「と、いうと……」

部長の問いかけに、当直医が続けた。

「ええ、新型コロナウイルス感染症の場合、患者さんがそれなりの年齢に達していれば、集中治療などの対象にするべきではない、よくなる高齢者は、酸素を少しばかり投与するだけで、勝手によくなるんだ、それなのに、医療者が、集中治療を施して、何としてでも救命しようなんぞと、決して、力《りき》を入れてはいけないっていう、そういうことですよ、先生」

「何だよ、そりゃあまるで、年寄りに対する集中治療は、無駄なんだって言ってるように、俺には聞こえるが……」

いけませんかね、それじゃ、と当直医が顔を上げた。

「ああ、そりゃ、俺のセリフだ、そんな物言い、おまえさんには、二十年ばかし早いぜ」

部長が、少しばかり、ムキになってみせた。

「ところで、おまえさんの言う高齢者って、いったい何歳《いくつ》からなんだよ」

「それは……」

＊

世間的にはもう高齢者とされている部長を目の前にしながら、うっかり表には出せない、現場の医者の本音が飛び交いつつも、それでも、救命センターのモーニング・カンファレンスは続いていきます。

あとがき

性懲りもなく、下町の救命センターから垣間見《かいまみ》える人の世の断片を、再び三度《みたび》、「青春と読書」誌上で連載し始めたのは、一昨年《おととし》の夏。

巷では、翌年に迫った半世紀ぶりの東京オリンピックへの気運が高まりつつあり、その一方で、救命センターの万年部長の定年へのカウントダウンが、いよいよ始まっている、何とも気分の晴れない日々が続いている頃でした。

遠からず第一線の救急医療現場から去らなければならない身として、これだけは伝えておかなければ、なんぞという老婆心もどきの要らぬお節介から、それでも、毎月、遅い筆を運んでいました。

そんな中で、ご承知のように、新型コロナウイルス感染症の蔓延という、いわゆるコロナ禍が襲来したのです。

感染症指定医療機関であったこの下町の病院も、早々から巻き込まれていきました。当初、救命救急センターが主戦場となることはありませんでしたが、それ故の防御の甘さが祟《たた》ったのか、やがて、新型コロナウイルスの「院内感染」という事態に見舞われ、前代未聞の、救急患者受け入れ停止に追い込まれてしまったのです。

今現在、そこからは何とか立ち上がったものの、その後は、いわゆる「医療逼迫」という大波に揺さぶられ続けております。

そしてこの先、いったい、どこまでこの騒動が続くのか、あとがきを認《したた》めている段階では、まったく見通せてはいません。

このコロナ禍が、救急医療現場にもたらしたもの、それは「女を見たら、妊娠を疑え」「子供のアザを見たら、虐待を疑え」に加えて、「患者を見たら、コロナを疑え」という心構えだ、なんぞと嘯くと、どこからかお叱りを受けてしまうかも知れませんが、しかし、実際に、この新たな感染症が、現在の日本における家族や人間関係、人と人との繋がり方を、大きく変えていくことになるのは間違いのないことと思います。

その辿り着く先が、どうか、活力ある明るいものでありますように。

二〇二一年九月　残り日数が少なくなった部長室の机上から

解説

藤岡陽子

ひときわ目立つ赤色のランプを灯《とも》しながら、サイレン音を鳴らして走る白い救急車。国内でその存在を知らない人はいないと思う。

「一一九番通報」は、私も幼い頃に親や学校の先生から繰り返し教え込まれ、自宅の電話番号よりも先に覚えたように思う。日本で育った人なら「一一九」という数列は特別なもので、お守りのように後生大事にしていることだろう。

でもその「一一九」の先にある救命救急センターがどのように機能しているのか、知っている人は少ない。救命救急センターが映画やテレビの舞台になることは多々あるが、はたしてその実際はどうなのか。

本書の語り手は、東京都墨田区江東橋（錦糸町）にある某病院に開設された救命救急センターの「部長」である。明記されてはいないけれど、「部長」のモデルは著者の浜辺祐一先生と考えて、ほぼ間違いないだろう。著者は二〇二二年三月に定年退職されるまで都立墨東《ぼくとう》病院の救命救急センターに勤務し、二〇〇一年から約二十二年間は、部長職に就いておられたからだ。

「それでは、次の患者さんです」

といったモーニング・カンファレンスで始まる各編では、実にさまざまな患者が紹介される。モーニング・カンファレンスとは救命センターで行われる朝の申し送りのことなのだが、この時間に、勤務明けの当直医が前日収容された患者のプレゼンテーションを行うのである。

マンションの十二階から飛び降りた二十六歳の女性、自宅の居室で倒れていた食道破裂の五十四歳の男性、ロウソクの火で重度の熱傷を負った八十二歳の女性……と、カンファレンスで申し送りされる患者たちの状態は、重症・重篤なケースばかり。

救命センターに搬送されてくる患者の傷病は、内因性のものであれば心筋梗塞や脳卒中といった疾病が多く、外因性なら外傷や急性中毒、窒息、首吊《くびつ》りを意味する縊頸《いっけい》、溺水、体温異常（熱中症や偶発的低体温症）、熱傷などがあるという。どの傷病も生命にかかわるものばかりだが、救命センターの医師たちは救急隊が報告するわずかな情報を手がかりに、運び込まれた患者に向き合う。

本書の大きな魅力は間違いなく、患者を救命する現場の臨場感だろう。

一分一秒を争いながらの処置や手術に関する描写は秀逸で、自分の目の前に傷病者が横たわっているかのような気持ちになってくる。活字の向こうに、瀕死《ひんし》の重傷を負った人間の肉体が透けて見えるのである。

また処置や手術以外にも、第二話では傷病者のマンションの部屋の玄関に鍵がかけられていて救急隊が中に入れず、レスキュー隊員を要請したケースが記述されていた。レスキュー隊が上の階から傷病者の家のベランダに降り立ち、窓ガラスを割って中に入ったという話なのだが、こちらはまさに映画やテレビドラマのワンシーンのような手に汗握る救出劇で、このような非日常が現実と地続きにあることに驚かされる。

私は作家と兼業で看護師として働き、現在は脳外科のクリニックに勤務しているのだが、もちろんこれほどの現場に出合ったことはない。クリニックに生死をさまよう患者は来ないし、患者のだいたいが自らの意思で受診するからだ。だからもし自分が救命センターで働いていたら非日常の、相当ドラマチックな物語が書けるのに、と羨ましくもある。

しかし本書を読み進めていると、著者が文章を綴《つづ》る目的が、非日常を描くことでも、人の興味を惹《ひ》くことでもないことがわかってくる。

「実は、別に救命センターのことを知ってほしいとか救命救急の現場がどうとか、そういうドキュメンタリー的な話がしたいんじゃなくて、もっとベーシックな、あるいは身近なことで、看護師に向けて話しているようなね、いわば、人生のワンポイントレッスンというつもりだったの」

とは、本書の単行本が刊行された二〇二一年の著者インタビューの中の言葉だ。これまで文章を書き続けてきた理由をインタビュアーに問われ、答えておられたものだ。この言葉からわかるように、著者は、瀕死状態にある患者を次々に救うドラマチックな医療物語を書きたいとは思っていない。

それなら著者は、なにが書きたいのか。

たとえば第三話で搬送されてきた患者は、収容時は身元がわからない人だった。年齢は六十代から七十代。ある夜、路上で意識を失っているところを救助されてきたのだが、検査の結果、頸髄損傷という回復しても四肢麻痺《まひ》を免れない状態だった。当然ながら救命センターの医師たちは全力で治療にあたり、患者の一命を取りとめる。だが意識が戻った患者が、人工呼吸器の装着を拒否するのだ。

人工呼吸器を装着しようとする医師に対して患者は、

「――い、いや、嫌……です……や、やめて……下さい」

と拒否し続ける。自発呼吸が難しい状況で人工呼吸器をつけないということは、死を意味する。

若い医師はそんな患者の様子を聞いて、自分たちは命を助けたけれど、果たしてそれが正解だったのか、患者は死にたがっているのではないかと苦悶《くもん》する。その患者は家族がおらず、見舞いに来る友人もいない孤独な人だったから……。

救命センターに搬送されるのは、自分で救急車を呼んだ人ばかりではない。場合によっては自殺をはかったけれど死にきれず、意思に反して命がつながった人もいる。救命センターの医師たちの役割は目の前の命を救うことなのだが、それが感謝されない場合もあるのだということを、著者はいまある現実として書き記している。

前述したインタビューの中で、著者はこうも語っている。

「きっと多くの人が見てる世界とは違う世界に自分がいるから、見えるものが違う。だからそこで思ったこと、感じたことは言わなきゃいけない、(中略)何が起きているかではなく、そこで感じたこと、わかったことを伝えなきゃいけないんだというのは最初からあったんです」

著者が本書を含む六作の「救命センター」シリーズ(集英社文庫)で書きたかったのは、救急医療の最前線で命を救い続け、生死の境に立ち続けたからこそ知り得た世界。その世界をありのままに見せ、そして生きることについて真剣に考えてほしいという切実な願いが一字一句に込められている。

そこに訓示めいたものはいっさいなく、ただ正直でまっすぐな「部長」——著者の視線があるだけなのだ。そしてその視線は鋭いけれど温かい。だからこそこの「救命センター」シリーズは、多くのファンを持ち得たのだと思う。

最後にもうひとつだけ、本書の素晴らしさを語らせていただきたい。その素晴らしさとは、患者の傷病ごとに語られる「部長」の医療的解説の細やかさだ。人間の体の状態を描写する解像度の高さは、写実画家の筆さながらである。

ＣＰＡ（心肺停止）とはどういう状態なのか。ＣＰＲ（心肺蘇生術《そせいじゅつ》）とはどのようなことを実施しているのか。くも膜下出血とは、頸髄損傷とは、食道破裂とは、気胸とは、なぜ肺炎を起こすと呼吸が苦しくなるのか、呼吸とはそもそもどういう作用で行われているのか――。

私は看護師なのでもちろん看護学校を卒業したのだけれど、ここまでわかりやすい解剖生理学の文章をこれまで一度も目にしたことがない。看護学校で使っていた教科書では理解しきれず、テストで合格点を取るためだけによくわからないまま暗記していた節がある。でもその曖昧だった医療知識が、「部長」の解説によって「ああ、こういうことだったんだ」といまさらながらに納得でき、看護師としてもずいぶん勉強になった。

「部長」の講義を難しいと感じる読者の方も、おそらくおられるだろう。でも多くの読者は自分自身や大切な人の身を守る貴重な知識を得たことに、充足感をおぼえているに違いない（ちなみに私はこの機会に、「救命センター」シリーズを全巻買い揃《そろ》えました。看護師になって今年で十九年目。本シリーズを読んで自分の不勉強を痛感しました……）。

さまざまな側面を楽しめる本書ではあるけれど、物語を読み終えた後、読者の胸に広がる感動は共通するのではないかと思っている。

その感動とは、安心感――。

いま日本という国には一一九番通報で駆けつけてくれる救急隊がいて、三百六十五日、二十四時間、傷病人を受け入れてくれる救命救急センターが存在している。そしてその救命センターには、冷静かつ迅速に治療にあたる医療者が待機してくれている。

第八話で、「部長」が部下の外科医を慰めるこんなシーンがあった。

この外科医はＤＭＡＴと呼ばれる災害派遣医療チームの一員として墜落事故の現場に駆けつけたのだが、特にこれといった活躍ができず、

「結局のところ、傷病者に対してやれたことは、点滴のルートを一本入れただけでしたから」

としょんぼりしていた。その外科医に、「部長」が、

「意識のある傷病者が、倒れている自分の傍らに、天下の救命センターの外科医がいて、しっかりしろ、大丈夫だから、頑張れっ、もう少しだって、声をかけてくれていると思えばさあ、そりゃあ心強いと思うがな、俺は」

と励ましの声をかけるのだが、その言葉はまさに私たちの思いそのものだ。本書を読み終えた人は、日本の救急医療への信頼を、そして「一一九」というお守りがあること

への感謝を、より強く感じるに違いない。
今後もできることなら、浜辺先生が目にした世界を書き続けていただきたい。たとえ舞台が変わったとしても、「部長」シリーズとして続編が刊行されることを心から願っている。でもさらに本心を言えば、私もひとりの看護師として救命センターで働いてみたかった。願わくば、東京都内の某病院に勤務する「部長」の下で。

（ふじおか・ようこ　作家）

本書は、二〇二一年十一月、集英社より刊行されました。

初出
「青春と読書」二〇一九年七月号～二〇二〇年五月号、二〇二〇年七月号～十一月号、二〇二一年一月号～四月号

本書に登場するエピソードは、関係者のプライバシーに配慮し、事実をもとに再構成しました。また、データ等は単行本刊行当時のものです。

浜辺祐一の本

こちら救命センター

病棟こぼれ話

東京下町の都立墨東病院救命救急センター。運ばれる患者は、暴走族やら酔っぱらい……。ワガママな患者たちに医師も看護婦もてんてこ舞い。救急医療の現場から綴る生と死の模様。

浜辺祐一の本

救命センターからの手紙

ドクター・ファイルから

重症患者を扱う救命救急センター。生と死の瀬戸際に人間の表と裏が交錯する、現代の縮図。現場の医師が綴った医療の実態と人間模様。日本エッセイスト・クラブ賞受賞。

集英社文庫

浜辺祐一の本

救命センター当直日誌

救命救急センターの現場では、救命だけが仕事ではない。助からない患者をいかに安らかに往生させるか、それも医者の役割——。生命の尊厳を巡る緊迫のヒューマンドキュメント。

浜辺祐一の本

救命センター部長ファイル

救命センター。瀕死の状態に陥った人間の救命の為、二十四時間態勢で最善を尽くす医療現場。患者の高齢化、人材不足など現場の問題を知り尽くした医師が描くヒューマンドキュメント。

浜辺祐一の本

救命センター「カルテの真実」

高齢化する日本。救命救急センターの現場にもその影響は大きい。孤独死、無理心中、老親への家庭内暴力……最先端の医療現場の現役医師が描く、命を巡るシビアな人間ドラマ。

集英社文庫　目録（日本文学）

帚木蓬生　エンブリオ(上)(下)
帚木蓬生　インターセックス
帚木蓬生　賞の柩
帚木蓬生　薔薇窓の闇(上)(下)
帚木蓬生　十二年目の映像
帚木蓬生　天に星 地に花(上)(下)
帚木蓬生　安楽病棟
帚木蓬生　やめられない　ギャンブル地獄からの生還
帚木蓬生　ソルハ
浜田敬子　働く女子と罪悪感　「こうあるべき」から離れたら、もっと仕事は楽しくなる
濱野ちひろ　聖なるズー
浜辺祐一　こちら救命センター　病棟こぼれ話
浜辺祐一　救命センターからの手紙　ドクター・ファイルから
浜辺祐一　救命センター当直日誌
浜辺祐一　救命センター部長ファイル
浜辺祐一　救命センター「カルテの真実」
浜辺祐一　救命センター　カンファレンス・ノート
葉室麟　冬姫
葉室麟　緋の天空
葉室麟　蝶のゆくへ
早坂茂三　政治家 田中角栄
早坂茂三　オヤジの知恵
早坂茂三　田中角栄回想録
林修　受験必要論　人生の基礎は受験で作り得る
林望　リンボウ先生の閑雅なる休日
林真理子　ファニーフェイスの死
林真理子　トーキョー国盗り物語
林真理子　東京デザート物語
林真理子　葡萄物語
林真理子　死ぬほど好き
林真理子　白蓮れんれん
林真理子　年下の女友だち
林真理子　グラビアの夜
林真理子　失恋カレンダー
林真理子　本を読む女
林真理子　女文士
林真理子　フェイバリット・ワン
林真理子　我らがパラダイス
早見和真　ひゃくはち
早見和真　6 シックス
早見和真・文　かのうかりん・絵　かなしきデブ猫ちゃん
早見和真　ポンチョに夜明けの風はらませて
早見和真・文　かのうかりん・絵　かなしきデブ猫ちゃん　マルの秘密の泉
原宏一　ムボガ
原宏一　かつどん協議会
原宏一　極楽カンパニー
原宏一　シャイン！
原民喜　夏の花

集英社文庫　目録（日本文学）

原田ひ香　東京ロンダリング
原田ひ香　ミチルさん、今日も上機嫌
原田ひ香　事故物件、いかがですか？　東京ロンダリング
原田マハ　旅屋おかえり
原田マハ　ジヴェルニーの食卓
原田マハ　フーテンのマハ
原田マハ　リーチ先生
原田マハ　丘の上の賢人　旅屋おかえり
原田宗典　優しくって少しばか
原田宗典　スバラ式世界
原田宗典　しょうがない人
原田宗典　日常ええかい話
原田宗典　むむむの日々
原田宗典　元祖スバラ式世界
原田宗典　十七歳だった！
原田宗典　本家スバラ式世界

原田宗典　平成トム・ソーヤー
原田宗典　大サービス
原田宗典　すんごくスバラ式世界
原田宗典　幸福らしきもの
原田宗典　笑ってる場合
原田宗典　はらだしき村
原田宗典　大変結構、結構大変。ハラダ九州温泉三昧の旅
原田宗典　吾輩ハ作者デアル
原田宗典　私を変えた一言
春江一也　プラハの春(上)(下)
春江一也　ベルリンの秋(上)(下)
春江一也　カリナン
春江一也　ウィーンの冬(上)(下)
春江一也　上海クライシス(上)(下)
ロジャー・パルバース　早川敦子・訳　驚くべき日本語
半田畔　ひまりの一打

坂東眞砂子　桜雨
坂東眞砂子　曼荼羅道《まんだらどう》
坂東眞砂子　快楽の封筒
坂東眞砂子　花の埋葬　24の夢想曲
坂東眞砂子　鬼に喰われた女　今昔千年物語
坂東眞砂子　逢はなくもあやし
坂東眞砂子　傀儡《くぐつ》
坂東眞砂子　くちぬい
坂東眞砂子　朱鳥《あかみどり》の陵《みささぎ》
坂東眞砂子　眠る魚
坂東眞砂子　真昼の心中
坂東眞理子　上野千鶴子　女は後半からがおもしろい
半村良　雨やどり
半村良　かかし長屋
半村良　すべて辛抱(上)(下)
半村良　産霊山《むすびのやま》秘録《ひろく》

集英社文庫　目録（日本文学）

集英社文庫　目録（日本文学）

集英社文庫

救命《きゅうめい》センター　カンファレンス・ノート

2023年11月25日　第１刷
2023年12月13日　第２刷

定価はカバーに表示してあります。

著　者　浜辺祐一《はまべゆういち》
発行者　樋口尚也
発行所　株式会社 集英社
東京都千代田区一ツ橋2-5-10　〒101-8050
電話　【編集部】03-3230-6095
【読者係】03-3230-6080
【販売部】03-3230-6393（書店専用）
印　刷　大日本印刷株式会社
製　本　ナショナル製本協同組合

フォーマットデザイン　アリヤマデザインストア　　マークデザイン　居山浩二

ISBN978-4-08-744592-3 C0195